DREAMBOOKS

反生學士

반생학사

소유현 신무협 장편소설

ORIENTAL FANTASY STORY & ADVENTURE

dream
books
드림북스

반생학사 6

초판 1쇄 인쇄 2016년 3월 21일
초판 1쇄 발행 2016년 3월 31일

지은이 소유현
발행인 오영배
책임편집 편집부
제작 조하늬
일러스트 최단비

펴낸곳 (주)삼양출판사 · 드림북스
주소 서울시 강북구 도봉로 173
대표 전화 02-980-2112 팩스 02-983-0660
출판등록 1999년 3월 11일 제9-00046호

© 소유현, 2016

ISBN 979-11-313-0541-6 (04810) / 979-11-313-0345-0 (세트)

드림북스는 (주)삼양출판사의 판타지 · 무협 문학 브랜드입니다.

반생학사
6
소유현 신무협 장편소설
ORIENTAL FANTASY STORY & ADVENTURE
dream
books
드림북스

목차

第一章

참가

영 노야의 말을 들은 정범의 얼굴에 감추지 못한 당황스러운 표정이 떠올랐다.

"왜? 너무 뜬금없나?"

실실 웃으며 묻는 영 노야에게, 정범은 머쓱한 듯 어깨를 들썩였다.

"솔직히 예상하지 못했습니다. 한데 갑자기 왜?"

아무 이유 없이 무림대회에 참가하라고 할 리는 없다.

"뭐, 너도 알겠지만 배우는 데 실전만 한 것이 없거든."

"그렇기야 하지요."

무림대회는 대회라는 명목 아래 치러지지만, 어쩔 수 없는 경우라면 살인까지 허용된 실전이다. 하니 분명 참가하여 배울 수 있는 것도 많으리라. 물론 거기에 한 가지 의문이 있기는 했다.

'지금 내가 무림대회에서 배울 수 있는 게 있으려나?'

물론 모를 일이다.

무림대회는 큰 대회고, 천하 각지에 숨어 있던 은둔 고수들도 머리를 들이밀 터니 말이다. 하지만 그것만으로 현재 정범 본인의 눈앞에 놓인 어둠이 걷히리라는 생각은 들지 않았다.

"왜? 너무 쉬워 보이냐? 하긴, 네 나이에 그 무공 정도 되면 웬만한 녀석들은 우습게도 보이겠지."

"아닙니다."

영 노야의 도발에, 얼굴을 굳힌 정범이 빠르게 고개를 내저었다.

"아니긴 뭘, 사실이지. 나도 대충 살펴봤다만 참가자 중에 지금의 너만 한 녀석은 없다고 보아도 무방하겠더구나."

"노야……."

"칭찬이다. 말투가 조금 아니꼽더라도 그대로 받아들여."

"……."

할 말을 잃은 정범이 입을 닫자, 영 노야의 눈매가 가늘어졌다.

"그래서 말이다. 너에게 몇 가지 제약을 하고자 한다."

"제약 말씀이십니까?"

"그렇지. 대사께서 조금 도와주셔야 되긴 할 텐데, 아마 허락하실 테고. 너는 괜찮겠느냐?"

제약(制約)을 가한다.

영 노야가 저리까지 말하는 것을 보아서는 정범의 전력이 많이 훼손된다고 해도 무방할 터였다.

'그런 상태로 무림 대회에 나가라고?'

어느 정도의 제약일지는 모르겠지만, 영 노야의 의도도 조금은 알 것 같았다. 정범은 너무나 빠르게 성장했다. 나이도 나이지만, 무공을 익힌 기간에 비례하자면 더욱 말이 안 되는 성과다. 그 급격한 성장이 오히려 앞길을 막고 있을 수도 있다.

정범 역시 한 번쯤은 고민했던 문제였다.

"노야께서 그게 옳은 길이라고 하신다면 따르겠습니다."

"암, 내 장담하마. 네 하기 나름이겠지만 결코 독(毒)이 되지는 않을게야."

영 노야가 활짝 웃었다.

제약이란 말에 혹여 정범이 거부감을 느끼지 않을까 걱정하였는데, 생각보다 손쉽게 일이 해결된 탓이었다.

"하면 저는 지금 당장 가서 무림대회에 참가 신청을 해야겠군요."

무림대회의 참가 신청은 오늘 밤을 넘기면 불가능하다.

'아니지, 참가 신청은 유시(酉時)까지만 받는다고 했으니…….'

정범의 시선이 자연스레 하늘로 향했다.

해가 완전히 서쪽으로 기울어 어둠이 찾아오고 있다.

아무리 추운 겨울이라고 하지만, 해가 이만큼이나 기울었으면 시간이 아슬아슬하다고 봐야 했다.

"빨리 가 봐야겠습니다!"

정범의 다급한 외침에, 뒷짐을 진 영 노야가 짓궂은 웃음을 보였다.

"녀석, 급하기는. 걱정하지 말거라. 이미 무호 스님께 부탁해 놓았으니 말이다."

"예?"

"아마 늦지 않게 참가 신청서가 들어갈 게다. 혹여 늦더라도 굉언 대사의 특별 추천이 있으니 문제없을 테고 말이다."

"아……."

상황을 눈치챈 정범이 짧은 탄식을 토했다.

결국 애초부터 그의 무림대회 참가는 결정된 셈이었다.

"자, 놀고 있을 시간이 없지. 우선 네게 제약을 가하기

전에 마지막 선물을 주마."

"선물이요?"

"그래, 선물."

짧은 말과 함께, 입을 닫은 영 노야의 눈빛이 굳게 변했다.

동시에 정범의 말문도 닫혔다.

아니, 말을 하지 못했다는 것이 옳았다.

영 노야의 몸에서부터 흘러나온 기운이 정범의 전신을 옥죄어 온다. 살기(殺氣)를 닮은 듯하면서도, 전혀 다른 그 거친 기운의 흐름에 정범의 몸이 큰 파도에 휩쓸린 배처럼 휘청거렸다. 정신을 차릴 수 없는 그 상황에, 억지로 눈을 부릅뜬 정범은 내심 경악을 쏟았다.

'이건……!'

주변이 물로 빚어진 것만 같은 푸른 검으로 가득 차 있다. 언제 나타났는지도 모를 푸른 검은 예리하게 정범을 겨누고 있었다.

'노야!'

정범의 시선이 검의 바다 바깥에 있는 영 노야에게로 향했다.

무시무시한 눈으로 그를 노려보고 있는 영 노야의 손이 번쩍 휘둘러졌다.

동시에 주변을 둘러싸고 있던 푸른 검들이 마구잡이로 정범을 향해 들이닥쳤다. 규칙도 없다. 딱히 무슨 형태도 존재하지 않는다. 그야말로 중구난방으로 쏟아지는 검의 파도는 정범에게 지독한 무력감을 느끼게 했다.

'막을 수 없어!'

두 눈을 질끈 감은 정범이 '죽음'이라는 단어를 떠올릴 때였다.

딱—!

이마 위로, 짧은 충격이 이어졌다.

"악—!"

비명을 내지르며 눈을 떠 보니, 펼쳐진 검지로 정범의 이마를 가격한 영 노야가 웃고 있었다. 주변을 온통 감싸고 있던 푸른 검은 처음부터 가짜였다는 듯 온데간데없이 모습이 사라진 채였다.

"어떠냐, 이게 바로 진짜 해공비검이다."

잠깐 사이에, 얼굴이 완전히 핼쑥해진 영 노야가 지친 표정으로 말했다.

"……."

정범은 할 말을 잃었다.

분명 영 노야는, 흐름을 따라 펼쳐지는 정범의 검을 보며 해공비검이라 하였다.

한데 지금 그가 보여준 해공비검은 전혀 다르다.

솔직히 둘이 어느 점을 닮았는지 짐작조차 할 수 없었다.

"후후후……. 영리한 너라도 전혀 모르겠지?"

"딱히 영리한 편도 아닙니다."

반응이 격한 편도 아닌데, 그런 정범을 놀리는 것마저 재밌는 듯 영 노야는 떠오르는 웃음을 감추지 않았다.

"일단 어수룩하나마, 진짜 해공비검을 봤으니 나중에라도 조금은 도움이 되겠지. 아이고, 삭신이야. 역시 이건 무리라니까."

"이게 어수룩한 거라고요?"

영 노야가 놀리는 것보다, 차라리 이측에 훨씬 놀란 정범이 눈을 크게 뜨며 물었다.

"말했지 않느냐. 내가 생각하는 해공비검에 가까울 뿐이지, 완성은 아니야. 아마 나는 평생을 가도 완성하지 못하겠지."

"그런 걸 지금 저보고 완성하라고 하시는 겁니까?"

"못하면? 마노에게 그냥 목을 내어주려고?"

영 노야의 물음에, 입가로 쓴웃음을 그린 정범이 고개를 내저었다.

"그럴 리가요."

"그러면 할 수밖에 없지. 기억이나 잘해 둬라. 아이고,

정말 죽겠네. 일단 오늘은 이만 쉬고, 내일 다시 이야기하
자꾸나."

"알겠습니다."

직후, 평소처럼 사라질 줄 알았던 영 노야가 정범의 어깨
에 팔을 둘렀다.

"노야?"

정범의 질문에, 영 노야가 고개를 갸웃거렸다.

"왜?"

"갑자기 어깨동무는 왜……?"

"이게 어깨동무 같은 게냐?"

"하면……?"

의아해하는 정범에게, 피식하는 웃음을 보인 영 노야의
몸에서 순식간에 힘이 풀렸다. 생각보다 가볍다고는 해도,
갑자기 얹어진 무게에 놀란 정범이 재빨리 영 노야를 부축
했다.

"말했지 않느냐. 삭신이 쑤신다고. 정말 죽겠다. 어서 빨
리 들어가서 쉬자꾸나."

"예. 노야."

절대로 쓰러지지 않을 것 같던 영 노야가 단숨에 무너졌
다. 새삼스레 그가 보여준 신기(神技)가 범상치 않음을 느
낀 정범이 재빨리 그를 부축해 굉언 대사의 작은 집으로 돌

아갔다.

*　　　*　　　*

다음 날.

여전히 지쳐서 일어나지도 못하고 있는 영 노야를 대신해 굉언 대사가 한 알의 단약을 건네주었다.

"이건……?"

"어제 노야께서 설명을 모두 하셨다고 들었습니다. 아미타불."

굉언 대사의 말에, 정범의 고개가 천천히 끄덕여졌다.

'이 약을 먹으면 제약이 생긴단 말이지?'

꿀꺽—!

그 생각을 끝으로, 정범은 망설임 없이 단환을 입에 털어넣었다. 막상 가지고 있던 힘이 사라지며 느껴질 무력감이 두렵기도 했지만, 망설이지는 않았다.

어떤 제약이 생기냐는 질문도 하지 않았다.

어차피 겪어야 할 일이고, 자연스럽게 알게 될 일이다.

첫 느낌은 속이 맑아지는 것 같은 기분이었다.

도저히 무슨 제약을 거는 약이라고는 생각지 못한 기분.

효과는 그 직후에 나타났다.

"아……?"

자연스럽게 느껴지던 자연의 흐름이 보이지 않는다.

뿐만이 아니었다. 언제나 주변 약 삼 장가량을 장악하던 제공마저도 제멋대로 얽히고설켜 읽을 수 없게 되어버렸다. 자연스레 세상과 호흡하고 대화하던 정범은 순식간에 눈과 귀, 코를 모두 잃은 것 같은 상실감을 느꼈다. 이렇게 되면 그저 내력만 존재하는, 일반적인 무인과 다를 게 없게 된다.

"이 약…… 효과가 엄청나군요."

정범의 헛웃음에, 굉언 대사가 미소를 보였다.

"본래 십팔나한이 자기 자신을 되돌아보고자 할 때 쓰던 약입니다."

"십팔나한……."

소림의 자랑이자, 무의 화신(化身)이라 불리는 이들.

"기분이 어떠신가요, 시주?"

"좋다고는 못 하겠습니다."

가지고 있던 것을 잃은 상실감은 대단하다.

하지만 얼마 전 눈을 감고 걸음을 떼었던 기억이 있던 탓일까? 생각만큼 두렵지도 않았다. 삶이 언제나 그런 무서운 세상으로 이루어져 있는데, 단지 기운의 흐름을 조금 느낄 수 없게 되었다 하여 무력감(無力感)에 빠질 필요는 없었다.

"십팔나한들도 수양환(修養丸)을 먹으면 한동안 끼니조차 못 먹을 정도로 힘이 없어지는데, 시주의 정신력이 참으로 감탄스럽습니다. 허허."

"모두 대사의 덕분입니다."

그냥 하는 말이 아니라, 굉언 대사와 함께 겪었던 어둠 속 방황이 없었더라면 잠깐이나마 무력감에 빠져 아무런 생각도 하지 못했을 터다. 물론 무한회귀 당시에도 비슷한 감정을 가져본 적이 있기에, 오래지 않아 빠져나왔을 테지만 말이다.

"어찌 됐든 이런 상태에서 무공을 펼쳐야 한다는 거군요."

"예선전까지 아직 시간이 조금 남았습니다. 적응을 하시는 게 우선이겠지요."

확실히, 아무리 괜찮다고 해도 적응은 필요하다.

처음 무공을 익힐 당시, 내력만 없었던 그때보다 오히려 더한 상황에 빠진 기분이었으니 말이다.

"힘을 좀 많이 내야겠네요."

정범이 웃음을 지었다.

＊　　＊　　＊

수양환을 먹은 후 적응하기 위해 노력하는 정범에게, 영 노야가 요구한 것은 단 하나였다.

"초식을 사용하지 마라."

"초식이요?"

"지금 네가 펼치는 그 괴상한 몸동작 말이다."

정범의 얼굴 위로 민망한 웃음이 떠올랐다.

"아직 적응이 덜 돼서 그런가 봅니다."

"적응의 문제가 아니야. 애초부터 이 수련은 몸에 익은 모든 걸 버린다는 데에서부터 시작하니까 말이다."

"그 말씀은?"

"너는 초식이 아니라고 할 수도 있겠지만, 네 몸에 밴 습관. 검로(劍路)와 특징 등이 모두 초식이라 할 수 있다. 그 모든 걸 버리라는 뜻이다."

이번에도 정범은 할 말을 잃었다.

제공도 없어졌으며, 기운의 흐름조차 읽을 수 없다.

정말 갑갑한 이 상황에 적응하기 위해, 평소 몸이 기억하던 것을 따라 검법을 펼치고 있었다. 한데 이제는 그것조차 잘못되었다고 하지 말라고 한다.

그야말로 눈과 귀를 읽은 뒤에 이어, 양팔마저 잘린 느낌이었다.

멍한 표정의 정범을 보며, 즐거운 표정을 지은 영 노야가 한 마디를 더 건넸다.

"본래 몸에 좋은 약이 쓴 법이지."

"하아…… 가혹할수록 훌륭한 수련이라고 말씀하시고 싶으신 건가요?"

"그렇지 않겠느냐?"

"알겠습니다. 해 봐야죠."

말이야 해 보겠다고 했지만, 쉬운 일은 아니었다.

결국 정범은 눈과 코, 귀에 이어 양손마저 잃은 채 무림 대회 예선전의 첫날을 맞이했다.

*　　　*　　　*

예선전 첫 날의 아침이 밝았다.

"설마 예선전에서 떨어지지는 않겠지?"

무호의 도움을 받아, 산을 내려갈 준비를 하는 정범을 보며 영 노야가 약 올리듯 말했다.

"그러면 어쩔 수 없겠지요."

정범은 제법 담담했다.

애초부터 얼떨결에 참가하게 된 무림대회다. 거기다 정범 본인은 명예욕도 별로 없는 편. 떨어진다 한들 크게 개의치 않을 수밖에 없었다.

"욕심 없는 녀석."

"욕심이 많아 봐야 좋을 게 뭐가 있겠습니까. 공자께서도 탐욕을 그리 주의하라 일렀습니다. 불경에도 비슷한 말이 나오지 않습니까, 대사?"

"아미타불."

정범의 질문에, 누구의 편도 들지 않은 굉언 대사가 합장하며 웃음을 그렸다.

"뭐, 어쨌든 예선전 탈락은 용납 못 한다. 알지?"

영 노야가 질린다는 표정으로 정범을 향해 말했다.

며칠 동안 지독히도 놀렸는데, 꿈쩍도 안 하니 오히려 그가 지친 셈이다.

"노력은 하겠습니다."

"그래, 일부러 떨어지지는 마라. 일단 당장은 알려줄 것도 없으니, 예선전을 끝마칠 즈음에 한번 찾아가마. 그때쯤이면 어느 정도 정답을 찾았겠지."

더 바라지도 않는다는 듯 말을 마친 영 노야가 손을 휘휘 내저었다.

"하면, 이만 하산하겠습니다."

무호가 굉언 대사를 향해 말했다.

그 역시 지난 며칠간 수련에 힘썼다고 들었다.

정범을 보며 자극을 받은 덕이라나?

어찌 됐든 제자의 노력하는 모습에 스승인 굉언은 크게

기뻐했다.

"그래, 정 시주를 안전하게 잘 모셔드려야 한다."

"그리하겠습니다."

"또 뵙겠습니다. 대사, 노야."

마지막 인사를 한 정범이, 무호의 등에 업히다시피 하여 산을 내려가기 시작했다. 진법이 펼쳐진 지형이 워낙 험하고 거칠다 보니 여러 가지 제약으로 묶인 정범으로서는 감히 뛰어서 내려갈 엄두도 나지 않은 탓이었다.

그렇게 무호의 등에 업혀 안전하게 기억하던 본래의 숭산으로 돌아오니 감회가 새로웠다.

"마치 다른 세상에 살다 온 것 같습니다."

밀림과도 같은 우거진 수풀이 순식간에 걷히고 나타난 산길은 조금 험하다 한들 산책로 수준으로 보였다.

"저 역시 스승님을 처음 만났을 때 적응이 잘 안 됐었지요. 하하."

업고 있던 정범을 내려놓은 무호가 웃음을 터트렸다.

"어찌 됐든 시주, 응원하고 있겠습니다."

"고맙습니다. 스님. 스님도 좋은 결과 있으시길 바라겠습니다."

"부처님께서 지켜주시지 않겠습니까. 아미타불."

마지막 인사를 끝으로, 다시금 진법 속으로 뛰어든 무호의 모습이 사라졌다.

막상 눈앞에서 귀신처럼 사라지는 모습을 보니, 진법이란 것의 실체를 확실히 느낀 정범이 혀를 내둘렀다.

몇 번을 생각해도 강력한 진법이 가진 힘에 경악스러울 따름인 탓이었다.

"뭐, 나는 그런 걱정을 할 때가 아닌가."

흔히들 산에 오를 때와, 내릴 때의 기분이 다르다고 한다.

정범이 딱 그랬다.

'이 산을 오를 때까지만 해도 내려올 때는 훨씬 강해진 이후라 생각했는데…….'

어느덧 보니 참으로 나약한 모습이 되어 산을 내려가고 있었다.

"세상사 참 모를 일뿐이로구나. 하하!"

웃음을 터트린 정범이 서둘러 산을 내려가기 시작했다. 예선전은 소룡촌 주변에 준비된 특설 무대에서 치러진다고 하였다. 사람이 워낙 많은 탓에 이른 오전부터 시합을 치른다고 했으니 발을 바삐 놀릴 수밖에 없는 것이었다.

＊   ＊   ＊

과연 무림대회다.

아니, 소림과 천하오패의 역량이라 해야 할까?

특설 무대라더니, 괜히 특설(特設)이 아니라는 생각이 드는 거대한 예선 시합장을 소룡촌 바로 옆에 크게 만들어 놨다.

'굳이 사람 다니는 길을 막아 놨다 싶었더니…….'

어느새 마을 옆에 이런 큰 무대를 만들었는지 놀라울 따름이다.

반듯한 돌로 만든 거대한 예선 시합장의 모습을 보며 정범이 느낀 첫 소감이었다.

주변으로는 두 눈에 담기 힘들 만큼 많은 사람이 모여 있었다. 예선전에는 구경꾼이 참가할 수 없다고 하였으니, 이 수많은 사람이 모두 무림대회 참가자라고 할 수 있는 셈이다.

명예를 원하는 자.

돈을 원하는 자.

지위를 원하는 자.

또 다른 꿍꿍이가 있는 자들까지.

엄청난 인파 속에 둘러싸이니 혹시나라도 아는 사람의 얼굴을 볼 가능성마저 없어 보였다.

'한데 이 많은 사람들 모두가 예선전을 한다고?'

이래서야 보름이 넘게 예선전만 치러야 할 판이다.

'보름은 무슨.'

자칫하면 한 달도 넘게 예선전을 할지도 모른다.

물론 주최 측도 생각이 있다면 고작 예선전을 그리 길게 끌고 가고 싶지는 않을 터였다.

'나름 방법을 마련하겠지.'

정범은 굳이 고민하지 않았다.

지금은 그보다도, 초식조차 사용하지 못해 어색한 칼 장난에 불과한 자신의 무공을 조금이라도 가다듬어야 할 때였다.

'상상구현을 또 이렇게 쓰게 되는군.'

어느 정도 경지에 오른 이후부터는, 상상과의 싸움은 의미를 잃었다.

생각의 범주는 끝이 없다지만, 상대를 아는 데에는 선이 있으니 한계가 명확한 탓이었다.

'완전 처음으로 돌아간 기분이군.'

느려진 세상 속에서 눈앞에 환영처럼 나타난 마노가 무서운 기세로 공격한다. 정범은 식은땀을 흘리며 제자리에서 발을 떼지 않은 채 회피에 힘썼다. 워낙 사람이 많이 몰린 탓에 반격을 하며, 큰 행동을 하기는 힘들었는데 오히려 그래서 더 도움이 되는 수련이었다.

물론 몸에 자잘한 상처가 조금 생기는 것과, 혼자 춤을 추듯 움직이며 땀을 뻘뻘 흘리는 정범을 기이하게 바라보는 주변 사람들의 시선은 어찌할 수 없었지만 말이다.

"다들 들리십니까?"

그렇게 정신없이 상상구현을 통한 대련에 힘쓰는 중, 예선 대회장 중심에 유일하게 높게 솟은 단상 위로 올라선 늙은 스님이 조심스러운 목소리로 말했다.

워낙 작은 목소리인 데다가, 힘도 없다.

각자 무언가에 집중하거나 잡담을 떠느라 바쁘던 무인들의 시선을 모으기에는 무리가 많을 수밖에 없었다.

정범 역시 숨을 고르기 위해 상상구현을 멈춘 때가 아니었다면 듣지 못했으리라.

"음……, 홍 대협. 조금 부탁드리겠습니다."

사람들의 시선이 몰리지 않자, 늙은 스님이 다시 한 번 작은 목소리로 누군가를 불렀다.

그와 동시였다.

쾅―!

예선 대회장의 빈 바닥의 모래알들이 큰 폭발음과 함께 허공으로 비산했다.

후두둑―!

소리와 위력만으로도 시선이 가는데, 튀어 오른 모래알

들이 마치 화살처럼 다른 곳을 보고 있는 무인들의 이마를 정확하게 두들긴 탓에 단숨에 대중의 눈이 한 곳으로 모아졌다.

태산(泰山)과도 같은 거대한 풍채에, 전설의 장익장을 떠올리게 하는 거친 수염을 가득 기른 장년인이 지면에 때려박듯 쑤셔 넣은 도를 한 손으로 쑥 뽑아 올린 후 외쳤다.

"주목! 소림 장문인께서 무림대회의 개최를 선언하실 것이오!"

거대한 덩치에서 뿜어져 나오는 목소리는, 마치 대호가 울부짖는 것과 같이 사납다. 자연스레 그를 따라 모두의 시선이 단상 위 소림사 장문인에게로 이어졌다.

누구도, 장년인의 무력시위가 아니꼽다는 표현은 하지 못했다.

입 바깥으로 내지 않았을 뿐, 모두가 장년인의 정체를 짐작하고 있는 탓이었다.

패력도왕 홍염환!

천하오패 중 일패의 주인이자, 천하제일도(天下第一刀) 혹은 괴력왕(怪力王)이라고도 불리는 그를 향해 겁도 없이 싸움을 거는 일은 간이 배 바깥으로 튀어나온 자라도 할 수 없는 일이었다.

'단순히 힘만 좋은 인물이 아니구나.'

처음으로, 천하오패의 주인 중 하나를 직접 목격한 정범의 가슴은 크게 떨렸다.

　굉언 대사와 무연 진인, 영 노야와 마노 등을 겪은 탓일까? 그들에 비하자면 천하오패는 보잘것없다는 생각도 조금은 있었다. 한데 그 천하오패 중 일축의 주인인 패력도왕을 보자 생각이 바뀌었다.

　맨 바닥을 강기도 없는 순수한 힘으로 폭발하듯 박살 낼 수 있는 괴력도 괴력이지만, 거기서 튀어나온 모래알들을 정확하게 목표로 한 이들에게 쏘아 보내는 실력은 더욱 경악스럽다.

　겉모습과, 별호, 특징만 믿고 힘만 조심한다고 생각하는 이가 그의 적이 된다면, 상대가 누구든 목이 단숨에 달아날 터였다.

　"큼, 짧게 하겠습니다."

　정범이 홍염환의 실력에 감탄하는 사이, 몰려든 시선 속에서 짧게 헛기침을 한 소림 장문인이라 소개된 노스님의 말이 다시 한 번 이어졌다.

　"이번 무림대회의 의미는 굉장히 깊습니다. 다들 아실 테니 긴 설명은 접겠습니다. 그냥 단 하나만 기억하시면 됩니다. 적어도 이 무림대회만큼은 모두에게 평등합니다. 그러면 모두에게, 건승을 기원하겠습니다."

겉모습과, 소림 장문인이라는 직책에 어울리지 않는 짧은 말을 끝으로 단상에서 내려선 노스님이 헛기침을 터트리자 주변으로 부축을 하는 스님들이 몰려들었다.

이후, 소림 장문인을 대신하여 단상에 오른 이는 다름 아닌 홍염환이었다.

천하오패의 수장이기도 한 그가 단상 위로 올라서자, 노스님이 그곳에 서 있을 때와는 다른 긴장감이 주변을 순식간에 휘감았다.

"나 역시도 긴 말을 좋아하지 않아, 짧게 하겠소. 이따가 안내가 따로 있겠지만 짧게 설명해 예선전은 오십 명 단위로 치러질 게요."

오십 명.

거대한 예선 대회장과, 일천은 거뜬해 보이는 주변 인원을 보니 이해하지 못할 숫자는 아니다.

오히려 그쯤 되지 않는다면 정말 예선전만 보름은 치러야 할 판일 터다.

어찌 됐든, 주최 측 입장에서는 어쩔 수 없는 최선의 선택일 확률이 높았다.

물론 이렇게 되면 우습게 보았던 예선전이, 본선 못지않게 힘들고 위험해진다.

적이 하나인 것과, 마흔아홉인 것의 차이는 크니 말이다.

"예상은 했지만, 오랜만에 열린 무림대회라 참가자가 너무 많아서 벌어진 일이니 양해 바라오. 참고로 말해, 지금 이곳은 급조해서 만든 대회장 중 하나고, 비슷한 상황으로 세 곳에서 더 사람들이 모여 예선전을 치를 준비를 하고 있소."

눈앞에 보이는 사람들이 다가 아니다.

더욱 경악스러운 이야기에 술렁임은 커져만 갔다.

물론 홍염환이라는 거물 앞에서 대놓고 목소리를 높일 수 있는 인물은 없었지만 말이다.

"하면, 시간이 없는 만큼 이만 줄이고 예선전 일차전을 시작하겠소. 모두 안내에 따라 잘 움직여주시길 바라겠소."

그 말을 끝으로, 단상 위에서 내려온 홍염환이 대회장 구석에 마련된 의자에 앉아 팔짱을 꼈다.

동시에 움직인 사람들은 소림과 패력산장에서 나온 것 같은 인물들이다.

"자자, 여기서부터 일렬로 줄지어서 오십 명입니다!"

그들이 나서자 난잡하게만 보이던 대회장이 조금씩 정리되어 갔다.

다른 무엇보다, 그 뒤를 지켜보고 있는 홍염환의 존재감이 큰 탓이었다.

'아마 다른 대회장에도 천하오패의 수장들이 있겠지.'

혹은 그에 버금가는 명사가 자리 잡고 있을 터였다.

이 많은 인원을 손쉽게 통제하려면 그편이 제일 좋을 테니 말이다.

어찌 됐든, 오십 명이 한 공간 안에서 대회를 치른다.

안 그래도 몸이 불편한 정범의 입장에서는 쓴웃음이 배어 나올 수밖에 없었다.

'지금의 나로서는 최악이로군.'

영 노야가 말했던, 예선전 탈락이라는 예언이 들어맞을지도 모른다는 생각을 한 정범 역시 안내에 따라 줄을 섰다.

정범은 오 조(組)였다.

'다섯 번째.'

어림잡아 일천 명으로 보였는데, 모두 나누고 보니 이십(二十) 조에 가깝다. 그중 다섯 번째 조라면 꽤나 앞 순이라고 할 수 있을 터였다.

'긴장되는군.'

자신의 조가 정해지자, 서로의 얼굴과 무기 등을 확인하는 시선이 말없이 오간다. 그 속에는 감출 수 없는 경쟁심이 가득했다. 부담되는 시선을 느끼고 있자니, 새삼스레 이곳이 무림대회장이라는 것을 확실하게 체감할 수 있었다.

"시합은 일 조부터 치르겠습니다. 일 조 전원 대회장 위로 올라와 주시지요."

안내원의 지시에 따라, 제일 처음으로 뽑힌 오십 명의 인원이 넓은 대회장 위로 올라섰다.

서로를 둘러보기 바쁘던 시선이, 자연스레 대회장 위로 향했다.

오십 명이나 되는 대 인원이 한 자리에 섰다. 과연 어떠한 방향으로 흘러갈 것인가?

그저 난전?

아니면 눈에 뜨이는 누군가의 압도적인 선전?

모두의 기대 속에, 팔짱을 낀 채 주변을 지켜보기만 하던 홍염환의 입이 열렸다.

"시작하시오."

너무나 간단한 그 말은, 마치 쏘아진 화살과 같았다.

눈치만 보며 어쩔 줄 몰라 하던 오십의 무인들이 한 마음이라도 된 듯 각자의 병장기를 뽑아 옆 사람을 공격했다. 날카로운 날붙이가 춤을 추고, 허공으로 핏물이 튀었다. 마치 전쟁터와도 같은 분위기 속에 홍염환의 한 마디가 냇가에 돌 던지듯 툭 하니 떨어졌다.

"아, 참고로 말해 예선전에서는 살인은 모두 실격이오."

자연스레 모두의 얼굴이 경직되었다.

넓다고는 하지만 하나의 대회장.

그 위에서 오십이란 대 인원이 날붙이를 들고 싸우는데 살인의 경우는 실격이란다. 실력에 자신이 없는 자들은 자연스레 움직임이 소극적이게 변했다. 반면 일반적인 무인들에 비해 훨씬 뛰어난 몇몇은 규칙은 크게 개의치 않는다는 듯 처음과 다를 바 없는 속도로 주변을 제압해 나갔다.

'셋 중 하나일 거야.'

일 조의 대회를 지켜보는 정범의 눈이 주변을 장악하고 있는 세 사내에게로 향했다.

비록 감각의 대부분을 상실했지만, 보는 눈마저 잃은 것은 아니다.

누가 살아남을지쯤은 충분히 예측할 수 있었다.

그리고 예상대로, 정범이 처음 예측했던 셋 중 왼쪽 볼에 긴 검상을 가진 사내가 대회장 위에 홀로 남았다. 지친 표정으로 핏물이 흐르는 검을 내린 그의 시선이 홍염환에게로 향했다.

"사문과 이름이 뭐요?"

"철검문의 기량이오."

"본선 진출을 축하하오. 철검문의 기량."

홍염환의 선언은 간단했지만, 의미만큼은 확실했다.

"크아아―!"

입가로 미소를 지은 기량이 부상자들로 가득한 대회장 위에서 기쁨의 괴성을 토했다.

이런 예선전에서 통과했다면, 본선에서 떨어진다 한들 충분한 명성을 얻을 수 있을 것이다. 무명(無名)의 무인에게 있어 무림대회 참가 의의를 이룬 것이나 마찬가지니 기쁠 수밖에 없는 노릇이리라.

물론 그렇다고 해서 본선에서 빠르게 떨어질 생각도 없겠지만 말이다.

그로부터 일각 후.

일 조가 치른 대회장의 정리가 끝나고, 이 조가 새로이 올라섰다.

분위기는 일 조 때와는 사뭇 달랐다.

살인은 없었지만 엄연한 폭력은 존재했다.

주변 가득한 피내음이 이 조의 마음을 크게 자극했다.

"시작."

홍염환의 말은 이번에도 간단명료했다.

동시에 일 조 때보다 격렬한 싸움이 시작되었다.

이 조의 무인들의 실력은 눈에 뜨이는 이 없이 비슷했다.

마지막에 남은 사내도 실력이 좋았다기보다는, 운의 역할이 컸다.

"운도 실력이지. 축하하오. 다음 삼 조 준비."

이 조의 생존자를 향해, 짧게 말한 홍염환의 시선이 삼조를 향했다.

생각보다 빠르게 진행된다.

점점 다가오는 자신의 차례에 주변 무인들의 얼굴이 굳어졌다.

누군가는 서로의 앞과 옆, 뒤에 선 사람들에게 동맹을 제안하기도 했다.

어차피 깨질 것이라지만, 최대한 오래 살아남아야 가능성이 높아진다.

운도 실력이라고 말하는 홍염환이라면 그조차도 인정할 확률이 높았다.

자연스레 뒷 조에서는 부실한 동맹(同盟)이 이곳저곳에서 결성되었다.

정범에게도 제의가 왔지만, 가볍게 거절했다.

'어차피 결국 혼자 남아야 한다.'

괜한 동맹은 마음에 가책만 남을 뿐이다.

차라리 떨어지더라도 혼자 하는 편이 낫다.

'우선 마음을 가다듬어야겠다.'

주변의 격렬한 분위기에 자연스레 마음이 떠오른다.

안 그래도 제약이 많은 현재의 몸 상태에, 제멋대로 떠오른 마음은 독이 될 뿐이다. 정범은 더 이상 대회장을 지켜보지 않은 채 두 눈을 감고 명상에 빠졌다.

"오 조 입장!"

눈을 떴을 때는 안내원들의 목소리가 들린 이후다.

자리에서 일어난 정범이 주변의 사람들과 함께 대회장 위로 올랐다.

지켜볼 때와는 비교도 할 수 없는 묵직한 무게감과, 부담감, 긴장감이 어깨와 가슴을 억누른다.

새삼스레 시작이라는 말에 저도 모르게 뛰쳐나갔던 무인들의 심정을 알 것 같았다.

'무엇으로라도 분출하고 싶었겠지.'

참가자 수가 많다 하여 급조한 것이라던데, 누가 꾀를 냈는지 아주 적절하게 잘 짜내었다. 이런 식이라면 확실히 실력 없는 무인들은 제대로 기를 펴보지도 못한 채 떨어질 수밖에 없었다.

"시작."

홍염환의 목소리가 무겁게 귀를 억눌렀다.

"하앗!"

"비켜!"

동시에 사방에서부터 기합과 비명, 괴성이 들려왔다.

날붙이끼리 부딪치는 소리가 귀를 아려온다.

정범에게도 눈먼 검이 달려들었다.

캉―!

자연스럽게 검을 들어, 그를 막은 후 역으로 반격해 상대의 어깨를 두들긴 정범의 입가로 쓴웃음이 흘렀다.

'이런……'

저도 모르게 몸이 익은 방어 초식이 펼쳐졌다.

어깨를 부여잡고, 검을 놓친 상대는 고통에 찬 표정으로 그런 정범을 노려보았지만, 이미 더 이상 실력을 뽐낼 수 없는 상태였다.

'초식, 초식을 잊는 거다.'

물론 말처럼 쉽지는 않다.

특히 지금과 같은 난전에서는 더욱 힘들다.

사방에서 눈먼 검이 달려드는데, 몸에 밴 습관조차 없앤 체 그를 다 막아선다는 것은 불가능에 가까운 일이었다.

그래도 정범은 하려 했다.

애초부터 목표는 우승이 아니다.

본선 진출도 아니었다.

수련이 목적인 만큼 마음에 일말의 여지도 주지 않았다.

방심도 없었다.

덕분에 쓰러지지는 않았지만, 몸에 자잘한 상처가 가득 새겼다.

초식을 잊은 탓에, 검을 어찌 휘둘러야 할지 몰라 그저 베고, 찌르는 데에만 집중하다 보니 저절로 벌어진 일이다.

'지치는군.'

초식을 잊으려 하니, 오히려 심력 소모가 훨씬 크다.

상처로 물든 몸보다 심리적 피로에 쓴 미소를 짓는 정범의 눈앞에 오 조의 마지막 사내가 보였다. 상대 역시 크게 지쳤는지, 호흡도 흐트러졌으며 검을 잡고 있는 손에도 힘이 풀린 상태였다.

'그래도 예선 탈락은 면했나.'

비틀거리는 걸음을 옮기자, 지친 와중에도 전의를 불태운 사내가 기합을 내질렀다.

"이야앗—!"

거칠다.

하지만 아직은 힘이 남아 있다.

정면으로 받으면 분명 질 것이다.

키이잉—!

때문에 검면을 통해 공격을 아슬아슬하게 흘린 정범의 검이 사내의 목 옆에 닿았다. 느린 검이었지만 지친 사내역시 피할 생각을 하지 못했다.

"져, 졌소."

여기까지 와서 더 하겠다고 우길 수 있을 정도의 양심 없던 인물은 아닌지, 두 눈에 안타까움을 담은 채 패배를 인정하는 사내다.

"멋진 승부였소."

검을 거둔 정범이 양손을 모아 인사하자, 사내의 얼굴에도 살짝 미소가 어렸다.

그래도 부끄럽지 않은 승부였다는 사실이 그의 가슴을 당당하게 펴게 한 것이리라.

"흠…… 사문과 이름?"

두 눈에 묘한 이채를 담은 홍염환이 정범을 향해 물었다. 본선 진출자에게 으레 있던 일인 만큼 정범은 개의치 않고 자신의 이름을 밝혔다.

"정범. 사문은 없습니다."

"사문이 없다? 잠깐, 정범. 정범……."

홍염환의 눈이 가늘어졌다.

곧, 무언가를 떠올린 홍염환이 조금 놀란 눈으로 정범을 바라보았다.

"대우촌의 정범."

"……."

옛 기억을 상기시키는 홍염환의 말에, 정범은 아무런 답도 하지 않았다.

초우와 휘설연 등에게 자신을 알리지 말아달라고는 했지만 익주의 지배자라 불리는 패력도왕마저 속일 수 있을 것이라고는 생각지도 않았다.

"그렇군."

다행히 홍염환도 더 이상 그때의 이야기를 꺼내지 않았다.

단지 조금 더 새삼스러운 눈으로 정범을 바라본 후 가볍게 고개를 끄덕였을 뿐이다.

"본선 진출을 축하하오. 정 공자. 건승을 기원하겠소."

의례적일 때보다, 조금 더 긴 인사를 남긴 홍염환의 눈이 웃고 있다고 생각한 것은 착각이었을까? 어찌 됐든 정범은 당당하게 예선을 통과해 대회장을 내려왔다.

마지막으로 본선 진출자 명단에 이름을 적고, 긴장감 넘치는 대회장을 벗어나자 마음을 억누르던 긴장이 눈 녹듯 사라졌다.

그 상태로 어떻게 숙소까지 걸어 들어왔는지도 기억이 나지 않았다.

뇌리에는 대회장에서의 자신의 모습만을 몇 번이고 그릴 뿐이었다.

초식을 최대한 억제했지만, 결국 몸에 밴 습관이 몇 번이나 나왔다. 제 목에 검이 다가오자 저도 모르게 펼쳐진 본능이다. 기분 좋은 사실이 있다면, 예선전 후반부에 가서는 그러한 동작들도 많이 줄일 수 있었다는 사실이었다.

뿐만이 아니었다.

그렇게 초식을 없앰으로써 정범은 한 가지의 깨달음을 더 얻을 수 있었다.

'최대한 간단하고, 간결하게 싸워야 해.'

몸에 배어 있던 초식이라 불리는 습관들 중에 묻어 있던 불필요한 동작들이 저절로 기억 속에서 사라진다. 이어서 남은 것은 조금 더 간결해지고, 간단해진 동작이다. 물론 그조차도 결국 초식이니 최대한 억제해야 할 터였다.

'더 간결하고, 더 쉽게.'

습관처럼 북궁소가 잡아준 방에 들어선 정범은, 쓰러지 듯 침대에 누워 몇 번이고 같은 생각을 반복했다.

조금씩 정답에 가까워지고 있는 길이었다.

第二章

작은 사건

　다음 날, 힘겹게 눈을 뜬 정범의 침상 옆에는, 예상외의 인물이 머리를 기댄 채 잠들어 있었다.

　"북궁 소저?"

　놀란 정범이 그녀를 불렀지만, 조금의 미동도 보이지 않는다. 그때서야 정범은 자신의 머리 위에 놓인 감촉을 느낄 수 있었다.

　'수건?'

　얼마 전에 물을 묻혔는지 아직까지도 촉촉한 물기가 느껴지는 상태다. 누가 이마 위에 이런 것을 올렸을지는 척 보아도 알 수 있는 상태였다.

'북궁 소저가······.'

그러고 보니, 어제 대회장을 벗어난 이후로 기억이 잘 없다.

드문드문, 여관을 향해 걸어왔다는 사실은 남아 있지만 잠들기 전후로의 기억은 완전히 삭제된 상태였다.

뒤늦게야, 몸에 자잘하게 새겨진 상처에서부터 열이 올라오는 것을 느낀 정범의 얼굴이 붉어졌다.

이마 위에 오른 물수건의 정체를 이제야 완전히 이해한 것이었다.

'간밤에 열이 많이 올랐구나.'

놀라운 사실은, 그를 느끼지조차 못한 채 푹 잠이 들었다는 점이다.

"북궁 소저 덕분인가요."

침대 옆에 이마를 곱게 기댄 채 잠들어 있는 그녀를 보니 가슴이 더욱 크게 뛰기 시작한다. 대체 어떻게 자신의 상태와 위치를 알고 찾아왔는지는 궁금하지 않았다. 중요한 사실은 북궁소가 밤새 자신을 간호했고, 덕분에 간밤에 잠을 푹 잘 수 있었다는 사실이었다.

게다가 이곳저곳에 난 상처에도 외상약이 듬뿍 발라져 있었다.

어설픈 손놀림이라기보다는, 걱정 가득한 느낌이 가득

묻어났다.

저도 모르게 잠들어 있는 북궁소의 머리 위로 손을 올린 정범의 몸이 흠칫 떨렸다.

하나 망설임도 잠시.

자연스럽게 그녀의 비단결 같은 머리카락을 쓰다듬은 정범의 입가로 미소가 머물렀다.

                    *   *   *

정범의 손이, 머리 위로 올라오는 순간 잠이 깨어버렸다.

'내가 대체 언제 잠들었지?'

아니, 그보다 중요한 건 왜 정범의 손이 제 머리를 쓰다듬고 있단 말인가?

'아니, 그게 아니지. 왜 난 아직까지 자는 척을 하고 있는 거야?'

수많은 의문이 북궁소의 머릿속을 복잡하게 어지럽혔다.

[잘하고 있습니다. 소공녀!]

귓가로는 평오의 알 수 없는 응원이 들려온다.

사실 그런 것 따위는 아무렴 좋았다.

지금은 그저 부드럽게 이어지는 정범의 손길이 좋을 뿐이었다. 단 한 번도 겪어본 적 없는 일에 너무나 당황스럽지만, 그래도 부정할 수 없이 좋다. 심장이 콩닥콩닥 뛰고, 얼굴에는 홍조가 떠오른다.

어느 순간부터는 머릿속이 백지장처럼 비어 버렸다.

너무나 평안했다.

*   *   *

오랜만에 겪어 보는 편안함이었다.

덕분일까?

불편한 자세임에도 불구하고 달콤한 잠을 잔 북궁소가 천천히 눈을 떠 고개를 들었다. 눈앞에는 정범이 침상에 등을 기댄 채 책을 보고 있었다.

'내 눈에 뭐가 쓰였나?'

별 것 아닌 모습인데도, 그조차도 너무나 멋져 보인다.

기이한 생각에 헛웃음 지은 북궁소의 얼굴이 다급히 굳어졌다.

'그러고 보니 나 못 볼 꼴 보인 것 아니야?'

혹여 잠을 자다가 침이라도 흘리지 않았을까 싶어 턱을 쓰다듬어 보니 무언가 끈적한 감촉이 느껴진다. 혹시 싶어 침대를 바라보니 살짝 젖어 있는 것도 같았다.

"일어나셨군요. 북궁 소저."

당황하는 북궁소를 향해, 웃음을 보인 정범이 말한다.

"네, 네. 덕분에 잘 잤어요!"

제멋대로 하늘로 날아오르려는 정신을 간신히 붙잡은 북궁소가 빠르게 답했다.

"덕분에 잘 잔 건 제가 할 말입니다. 많이 신경 써주셨더군요."

"그, 그러게요."

아닌 말도 아닌 게, 밤새도록 잠도 제대로 자지 않은 채 정범의 간호에만 열을 쏟았던 북궁소였다.

그래서인지 딱히 티를 내려고 한 것은 아니지만, 정범의 칭찬에 혼란스러운 와중에도 기분 좋은 내색을 감추지 못했다. 입가로 떠오르는 미소를 숨길 수 없던 것이다.

"제가 이곳에 돌아온 건 어찌 아셨습니까?"

정범의 질문에, 북궁소의 얼굴이 살짝 굳어졌다.

'매일 평오에게 안부를 물었다고 하면 조금 무서우려나?'

반대 입장이 되어, 누군가 자신을 그렇게 지켜본다 생각하면 소름이 돋을 것도 같다. 의아해하는 정범을 바라보는 북궁소의 말문이 막혔다.

"제가 전해드렸습니다. 무림대회 예선전에 참가했다는 소식을 들어서요."

때마침, 모습을 드러낸 평오가 재빠른 지원사격을 했다.

"그렇군요. 하면 예선전 내용도……."

"많은 상처를 입으셨다고 들었습니다. 그래도 건강해 보이시니 다행이시군요."

그 말과 함께, 평오가 다시 모습을 감추었다.

'본래 이런 건 숨어서 지켜봐야 더 재미있는 법이지.'

힘든 임무 중에, 몇 안 되는 즐거움에 푹 빠져 있는 평오였다.

"마, 맞아요. 평오가 알려줬는데, 어찌 됐든…… 예선전 통과 축하해요. 정 공자."

"고맙습니다."

정범과 북궁소가 대화를 하며 시선을 마주친 후, 저도 모르게 쑥스러운 미소를 짓는다.

"그러고 보니 북궁 소저도 대회에 참가하셨지요?"

"네. 저도 본선에 진출하게 되었어요."

애초부터 예선전 따위, 그녀에게 있어 식은 죽 먹기와 다름이 없었다.

오십 명이 한 무대에 올라와야 했지만 절반이 시작하기도 전에 포기하고, 남은 절반은 반각도 되지 않아 무대 위를 굴러다녔다. 자신의 이름이 허명(虛名)이 아님을 확실하게 증명한 셈이었다.

"이제부터는 경쟁자로군요."

정범의 농담 섞인 말에, 북궁소가 고개를 주억였다.

"그러게요. 아, 한데 정 공자는 본래 참가하시지 않는다고 하시지 않았었나요?"

"사정이 있어 그리되었습니다."

"혹시 어떤 사정인지 물어도 될까요?"

본래 북궁소는 이런 적극적인 성격이 아니었다.

정확하게 말하자면 타인의 사정 따위 궁금해하지 않았다.

혼자만을 생각하기도 벅찬 인생이다.

그런 그녀에게 있어 유일한 대화 상대는 무공뿐이었다 하여도 과언이 아니었으니, 당연히 어색한 일일 수밖에 없었다.

"수련의 일환입니다."

"수련이요?"

북궁소가 놀라 눈을 동그랗게 떴다.

그러고 보니 평오의 보고대로, 정범의 몸에 생긴 상처가 보통이 아니었다. 내상이나 깊은 상처는 없지만 가랑비에 옷 젖은 것과 같은 상처가 온몸 가득이다. 본래 정범의 실력이라면 예선전에서 이런 부상을 입을 확률이 지극히 낮았다. 설령 상대가 생각 외의 고수라 한들 말이다.

"어떤 수련인지는 잘 모르겠지만, 굉장히 힘든 종류인가 보네요."

"양팔과 양다리를 모두 잃은 기분입니다. 거기다가 눈도 떼고 코도 떼고 싸우라 하니……."

저도 모르게 투정 섞인 말을 내뱉던 정범이 재빨리 얼굴을 붉혔다.

"이거 괜히 쓸데없는 이야기를 한 것 같군요."

"아니에요. 그런 정 공자의 이야기도 즐거워요."

북궁소는 자신이 확실히, 정범과 있을 때 크게 달라진다고 생각했다.

누구에게도 보이지 않는, 심지어 자신조차 모르던 모습들이 하나둘씩 드러나는 일은 새롭고도 즐거운 경험이었다. 단지 그 사실만으로도 정범의 옆에 있고 싶을 정도로 말이다. 하니 조금 지루할 수 있는 이야기에도 저도 모르게 미소가 떠오른다.

[분위기 좋은데 죄송합니다. 새로 보고드릴 일이 있습니다.]

그 모습을 즐겁게 지켜보던 평오가, 방금 전 전해진 정보에 빠르게 전음을 흘렸다.

[무슨 일?]

북궁소 역시 전음으로 묻자, 망설이던 평오가 다시 모습을 드러내 입을 열었다.

"어차피 곧 알려질 일이니, 정 공자께도 함께 전해드리 겠습니다."

"무슨 일이지?"

북궁소가 평소와 같은, 차가운 표정이 되어 물었다.

"예선전 중에 사망자가 발생했습니다."

놀라운 일은 아니다.

살인을 할 경우 실격이라 하였어도, 눈먼 검을 제대로 다 루지 못하는 이들은 어디에나 있다. 운이 좋지 않았던 이 는, 하필이면 그 눈먼 검에 걸려든 사람이라고밖에 할 수 없었다.

"결론만 말해, 그 살인을 한 인물이 본선에 진출했습니 다."

이번에는 놀랐다.

북궁소도, 정범도 눈을 크게 떴다.

"분명 살인은 실격이라고 했지 않나요?"

정범의 질문에 평오가 고개를 주억였다.

"규칙대로면 그렇습니다만. 먼저 살의(殺意)를 보이고 달 려든 측이 상대방이었답니다. 죽지 않기 위해 방어하다 보 니 실수로 죽였다고 하고……."

"그래도 규칙은 엄연한 규칙이지."

"예. 그래서 본래 실격 처리하려 했는데, 예선전 담당자가 직접 본선에 올렸다고 합니다."

"담당자? 누구?"

작금 예선전의 담당자를 맡는 이들은 모두 현 무림에서 이름 난 명사다. 대체 누가 그랬는지는 모르겠지만, 합당한 이유를 말할 수 없다면 자신의 일에 책임을 지고 자리에서 물러나야 할 터였다.

"그게…… 남도문주였다고 합니다."

"……."

북궁소의 입이 닫혔다.

"남도문주라면, 천하오패의 수장 아니오?"

홍염환과 동급의 인물.

그런 인물이 아무런 이유 없이 살인자를 직권남용으로 본선에 올렸을 리는 없다.

문제는 모두가 이러한 생각을 떠올린다는 점이었다.

"따져 봤자 좋은 꼴을 보기 힘들겠군요."

정범의 말에, 평오가 쓴웃음을 흘렸다.

이름이 높아도 너무 높다.

잘못 따졌다가는 남도문주를 벗어나, 남도문 전체에 오명을 씌운 이로 지목받을 수 있다. 현 무림에 있어, 천하오패의 수장과 척을 지는 것을 원하는 이는 어디에도 없었다.

그런 것을 두려워하지 않는, 이미 남도문이라면 척을 질 대로 진 정범의 입장에서도 나서기 애매했다.

'난 평범한 참가자일 뿐이다.'

주제를 알아야 한다고 했다.

의아하지만, 정범이 나서서 따질 일은 아니다.

이번 무림대회가 단순히 남도문 혼자가 아닌, 천하오패 전부와 소림사, 심지어 황궁까지 연계된 일이란 사실을 생각하면 더욱 그랬다.

만약 누군가 잘못을 지적해야 한다면 그러한 주최 측의 인물 중 하나여야 할 터였다.

그렇다고 북궁소가 나서는 것 역시 좋은 일은 아니었다.

상대는 천하오패의 수장.

비록 북궁소가 천하오패중 제일이라 불리는 대룡문의 금지옥엽이지만 남도문주를 직접 찾아가 따지는 것은 말이 안 된다.

결국 나설 이들은 정해져 있었다.

"일단 어떻게 된 일인지 조금 지켜보고, 정황을 알려줘."

북궁소의 말에, 고개를 주억인 평오가 모습을 감추었다.

*   *   *

소림사의 귀빈원(貴賓院)에 손님이 머무는 일은 드물다. 워낙 철저한 검열 절차 덕이다. 학식이 높은 학사, 혹은 도를 얻은 불승이나 도사, 또는 강호에 이름 난 대협이 아니라면 귀빈원의 담장조차도 함부로 접근하지 못하게 하는 것이 현 소림의 법도였다. 때문에 명예를 원하는 이들은 단 한 번이라도 소림의 귀빈원에 머물기를 바랐다.

단순히 귀빈원에서 머물렀다는 사실만으로 자신의 명예가 급상승할 수 있는 기회니 말이다.

그러한 귀빈원에, 오랜만에 세 사람이나 되는 손님이 들어섰다. 소림 역사상 처음 있는 일이라 하여도 과언이 아닌 큰일이다.

한데 그 큰일조차, 아무것도 아닐 정도의 사건이 발생했다.

귀빈원의 현문은, 평범한 목문(木門)이다.

귀한 손님이 머문다지만, 기본적으로 절제를 미덕으로 하는 스님들이 살아가는 곳에 만들어진 공간이다. 황금으로 된 화려한 치장이나, 멋들어진 문양도 없었다. 오죽했으면 귀빈원의 현판조차 검은 먹으로 대충 휘갈겨 적어 넣은 것이다.

그렇다고 하여도 귀빈원이 가진 의미가 퇴색되지는 않는다는 소림의 자부심이 깃들어 있는 것들인데, 방금 전, 그

귀중한 것들 중 하나인 나무문이 두 동강이 나 바닥을 굴렀다.

"예의가 없구려. 장주. 소림에 대한 결례라고 생각하지는 않소?"

자신의 발아래 마구잡이로 구르고 있는 나무문을 옆으로 슥 밀어낸 남도문주, 남소광이 한숨을 내쉬었다.

"결례? 결례라고 했소? 남도문주."

"아무리 화가 나셨다 하여도 소림의 물건입니다. 장주께서는 제 분에 못 이겨 앞가림도 못 하는 어린아이가 아니지 않습니까?"

남소광의 타박에, 홍염환이 콧김을 크게 내뿜으며 반문한다.

"해서 본인은 제 앞가림을 못 해 신성한 무림대회의 규칙을 깬 것이오?"

남소광의 양 미간이 내 천(川)자를 깊게 그렸다.

"살인에 관한 부분이라면, 엄연한 사정이 있었소."

"무림대회란 것이 사정 봐주며 치를 수 있는 어린아이 놀이터인 줄 아시오?"

"누가 보아도 어쩔 수 없는 상황이었소. 그 순간에 살수(殺手)를 쓰지 않았다면 호철이라는 그 참가자가 시체가 되었을 게요. 홍 장주의 말은 지금, 그가 죽었어야 한다는 이야기요?"

남소광의 말은 논리대로라면 틀린 바는 없었다.

그의 말마따나, 죽을 것 같다면 상대를 죽여야만 한다. 무림대회의 규칙 따위에 목숨을 내주고 싶은 참가자는 누구도 없을 테니 말이다.

하지만 홍염환이 따지고 싶은 부분은 전혀 다른 이야기였다.

"살아야지. 마땅히 살아야지! 하지만 규칙을 어긴 참가자를 본선에 내보낸 것은 다른 문제 아니요?"

"어찌 다른 문제입니까. 살고자 싸운 이에게 문제가 있다면, 무림대회 자체가 잘못된 것이겠지요."

"지금 뭐라고 했소? 남도문주는 이 무림대회의 개최 의의를 잊은 게요?"

"의의? 의의가 우선이었소? 홍 장주야말로 잊었나 보오. 산속에만 틀어박혀 있었더니 머리가 벌써 굳은 게요?"

"남도문주 정녕 그대가……!"

분노하는 홍염환의 두 눈에서는 당장이라도 화염이 쏟아질 듯했다.

여차하면 등 뒤에 멘 도를 뽑을 수도 있을 기세다.

남소광 역시 한 발자국도 물러날 생각이 없다는 듯 허리춤의 도를 잡았다.

만약 둘이 싸우게 된다면 귀빈원의 문 한 짝 박살 난 정도로 끝날 일이 아니다.

천하오패의 두 주인이 격돌하게 된다.

그 여파에 귀빈원이 통째로 날아가는 정도를 벗어나, 무림 전체에 큰 피가 흐를 수도 있는 일이었다. 자연스레 주변을 지키고 있는 스님들 사이로는 침묵보다 무거운 긴장이 내려앉고 있었다.

"후우……."

다행히도, 긴 한숨을 내쉰 남소광이 먼저 도에서 손을 놓았다.

"진정하고 생각합시다. 홍 장주. 본래 예선 대회장의 결정 권한은 담당자에게 있는 것 아니오? 지금 홍 장주의 행동은 내 판단이 잘못되었다고 말하고 있는 것밖에 되지 않소."

잘못됐다.

엄연히 잘못되었다.

어쩔 수 없는 상황이었다는 말도 납득할 수 있다.

본래 예선 대회장의 규칙 일부는 담당자가 깰 수 있으니 그것조차 옳은 말이다. 진실로 홍염환이 화가 나는 부분은 따로 있었다.

예선 대회장에 담당자라는 명목으로, 그들과 같은 초고

수가 배치된 데에는 다른 이유가 있는 것이 아니다.

막으려면 막을 수 있었다.

하지만 남소광은 철저히 방관자의 태도를 취했다.

이후 규칙을 깨고 제멋대로 행동했다. 그 모든 것이 취합이 돼 화가 났다. 겉으로 드러나지는 않았지만, 분명 꿍꿍이가 있다는 것만은 분명했다.

'하나 아무런 내색도 하지 않는군.'

아랫입술을 질끈 깨문 홍염환이 도를 잡고 있던 손에서 천천히 힘을 풀었다.

화를 내고, 압박했지만 그 역시 남소광과 진심으로 싸울 수는 없는 위치였다.

'차라리 혼자였다면 편했을 것을.'

어깨에 지고 있는 짐이 너무 많다.

결국 홍염환은 콧바람을 크게 내며 등을 돌릴 수밖에 없었다.

"다시는, 두 번 다시는 이런 일이 없어야 할 게요."

"그 부분에서는 동의하는 바요."

남소광이 웃으며 답했다.

*　　　*　　　*

홍염환이 물러난 이후, 마음을 가라앉히겠다며 다시 귀빈원 안으로 들어선 남소광의 눈에 불꽃이 튀었다.

'건방진 새끼!'

홍염환은 천하오패의 주인들 중 가장 나이가 어리다.

또한 패력산장 역시 마지막에 선택된 천하오패였다.

'기껏해야 산적 두목 노릇이나 했을 놈이 운이 조금 좋았다고 기고만장해서는……!'

당장 눈앞에 놓인 상을 두 동강 내고 싶지만 그럴 수는 없다.

속사정은 어떻던, 바깥으로는 점잖은 선비와 같다는 평을 받고 있는 남소광이다. 필요에 의해서라도, 그 인식을 깰 필요는 없었다.

"보고드릴 것이 있습니다."

남소광이 마음을 진정시키고 있을 무렵, 방 바깥에서부터 조심스러운 목소리가 들려왔다.

"무슨 일이지?"

"중요한 이야기입니다."

"들어와."

남소광의 허락에, 젊은 청년이 방문을 열고 내부로 들어섰다. 그를 바라보는 남소광의 눈에 옅은 빛이 어렸다. 비록 나이는 어리지만 눈빛은 살아 있다. 또한 그 머릿속에

든 것은 벌써부터 제 아버지, 남도문의 총군사 하형운과 맞먹는 수준이라 알려져 있다.

'이놈이 있는 이상 우리 남도문의 영광이 백 년은 더 지속될 테지.'

생각만으로 뿌듯해지는 인재를 품 안에 안고 있다는 것은 참으로 기꺼운 일이다.

덕분에, 좋지 않던 기분이 조금은 풀린 남소광이었다

"총군사로부터 연락이 왔습니다. 그곳에서 약조한 금화이천 문이 도착했다고 합니다."

뒤이어 들려온 소식에, 남소광의 얼굴이 더욱 활짝 펴졌다.

"고생한 보람은 있군."

남도문과 같은 거대 문파의 일 년 유지비가 금화 이천 문이다.

단 한 번의 거래로 일 년 치의 유지비를 챙겼으니, 조금 고생을 했지만 나쁜 결과는 아니었다. 무엇보다 뒤가 깨끗했다.

'홍 장주가 제법 손을 쓰겠지만, 알아낼 수 있을 리가 없지.'

익주와 형주는 너무 멀다.

게다가 이번에 새로이 접촉한 그들은 너무나 은밀하다.

남도문이 그 정체를 알고도 꼬리를 잡지 못하고 있을 정도니 얼마나 신중하다는 뜻이겠는가? 물론 남소광 역시 그러한 정체를 알 수 없는 이들을 무조건적으로 믿고 있는 것은 아니었다.

오히려 굉장한 불쾌감을 느끼고 뒤를 쫓고 있었다.

천하오패의 주인인 그의 시야에서 벗어난 거대한 세력이다. 비록 당장으로서는 추측도 안 가지만, 어차피 언젠가는 꼬리를 밟을 수 있기 마련이다. 단번에 금화 이천 문을 지급할 수 있는 곳은 무림 전체를 따져보아도 몇 곳이 없었으니 말이다.

"한동안은 계속 어울려 주자고. 한입에 삼켜야 깔끔하게 먹을 수 있을 테니까 말이야."

잔인하게 피어오르는 남소광의 미소를 본 청년, 하선욱이 다시 한 번 고개를 숙였다. 아버지, 하형운을 쏙 빼닮은 눈매의 그는 젊은 나이에 남소광의 신임을 얻을 정도로 지모와 모략이 뛰어난 인재였다.

"이미 놈들이 총군사께 다음 거래를 제안했다고 하더군요."

"좋군. 나쁘지 않아."

자잘한 손해는 중요한 것이 아니다.

천하오패의 주인쯤 된다면, 명예에 조금 흠집이 간다고

하여도 큰 그림을 볼 줄 알아야 한다. 남소광의 두 눈에는 그러한 큰 그림이 분명 아른거리고 있었다.

그런 남소광을 바라보는 하선욱의 눈에 고민이 어렸다.

'말해야 하나?'

남도문의 총군사이자 그의 아버지, 하형운은 말했다.

남소광은 천하를 다툴 만한 큰 인물이다.

하나 인물이 크다 하여 마음이 넓은 것은 아니다. 남소광의 경우가 그랬다. 그는 마음이 좁았다. 심지어 비열하고, 치졸하기까지 하다. 재미있는 사실은 오히려 극한까지 좁은 그 속이 남소광을 큰 인물로 만든다는 사실이었다. 극한까지 닿은 좁은 속마음은 사소한 일 하나, 하나까지 그의 손길을 뻗게 만든다. 남들이 무시했던 그 사소한 일에서, 큰 수확을 거두는 것이 바로 남소광이란 남자였다. 그렇기 때문에, 그를 모실 때에 있어서는 늘 조심해야 한다. 지금의 작은 일 하나까지도, 평생을 잊지 않고 마음속에 품고 갈 테니 말이다.

'지금 말하면 분명 곧장 행동에 나서시겠지.'

그런 그가 결단코 잊지 못할 사내.

남소광을 비롯한 하형운에게까지 충격적인 패배감을 느끼게 해 주었던 사내로 예측되는 인물이 지금 이곳 숭산 근처에 와 있다. 아니, 그 정도가 아니라 무림대회에 참가했다.

보고하는 순간 남소광이 도를 뽑아 들고 뛰쳐나갈 것이야 불 보듯 뻔했다.

인내심이 좋은 성격은 못 되니 말이다.

좋은 성격을 연기할 필요 없는 명분도 충분했다.

자그마치 자식의 일이다.

조금 분노하여 과한 손을 쓴다 해도 누구도 뭐라 하지 않으리라.

'하지만…… 그림이 좋지 않아.'

남소광이 나선다면, 큰 칼을 쓰게 된다. 아무리 명분이 좋아도 고작 일개 무인 한 명 잡고자 나서기에는 너무 무겁다.

물론, 하형운이 상대를 어쩌면 남소광과 동급에 속할지 모르는 절대 고수로 평한 전적이 있었다. 하선욱도 어쩌면 그럴지도 모른다는 생각을 했었다. 하나 지금의 정황만 보자면, 착각일 수도 있다는 생각이 들었다.

'고작 예선전에서 전신에 부상을 입었다고 했다.'

상대 중에 특별히 강한 무인이 있는 것도 아니었다.

'과대평과 된 것일지도…….'

하형운으로부터, 당시 사건의 정확한 전말을 듣지 못한 하선욱이 혼자만의 결론을 내렸다. 닭 잡는데 소 칼을 쓸 필요는 없다. 입을 닫고, 제 선에서 결론을 내리기로 결정한 것이었다.

"더 할 말이 있는 것 아니었나?"

그런 하선욱을 내려다본 남소광이 물었다.

속내를 꿰뚫어보는 것 같은 눈빛에 하선욱은 가슴 한편이 섬뜩해지는 감정을 느꼈다. 하지만 겉으로는 그 마음을 내색하지 않는다. 군사란 때론 모시는 군주를 위해 진실을 감출 필요도 있는 법이라 생각하고 있던 덕이다.

"아무 일도 아닙니다."

"흠…… 알겠다. 나가보도록."

잠시 의심스러운 시선을 보낸 남소광이었지만, 곧 고개를 주억인 후 손을 내저었다.

*   *   *

남소광의 거처를 빠져나온 하선욱이 빠른 걸음을 옮겼다. 남소광에게 보고할 정도의 굵직한 일을 제외하고라도 쌓인 일이 많다. 자신에 이어 이 대째 남도문을 보필시키려는 하형운은 자식인 하선욱을 강하게 단련시키는 아버지였다.

'어서 빨리 가서 놈을 처리하고, 내 일을 해야겠지.'

가벼운 마음으로 소룡촌에 도착한 하선욱이 어두운 골목

길 틈새를 누비며 작은 건물의 문을 두들겼다.

드륵—!

문틈 사이로 자리 잡은 좁은 틈이 열리며 굵직한 눈동자
가 드러났다.

"누구시오?"

"혈독수를 찾으러 왔다."

"……."

굵은 눈의 사내는 말이 없었다.

대신하여 굳게 닫혀 있던 나무문이 열렸을 뿐이다.

"들어오시오."

뒷짐을 쥔 채, 집 안으로 들어서는 하선욱의 입가로 미소
가 떠올랐다.

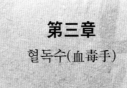

第三章

혈독수(血毒手)

혈독수는 바로 전날, 자신을 찾아왔던 젊은 청년을 떠올렸다.

'이제 고작 약관을 넘었을까?'

아직 강호의 쓴맛이란 것을 알지 못할 나이인데, 영악하다. 그리고 악독(惡毒)했다. 몇 마디 섞지 않았지만, 눈빛에 줄줄 흐르는 지독한 사기(邪氣)를 보면 모를 수가 없었다.

'눈빛만 잘 감춘다면 아주 무서운 녀석이 되겠어.'

이토록 지독한 강호에서는, 보통 그런 놈들이 장수한다.

게다가 놈의 뒤에는 제법 큰 배가 있는 듯도 했다.

이름이 났다고는 하나 남들이 쉬이 모르는 자신의 은신

처를 찾아온 것이며, 의뢰비로 쏟아 낸 금화까지. 아무리 대단하다고 해도 어린 청년이 가질 능력을 벗어나 있다. 그는 분명 뒷배의 힘이었다.

'뭐, 내 알 바는 아니지.'

혈독수는 하선욱에 대한 생각을 접었다.

애초에 살수란 의뢰자에 대하여 궁금해하지 않는 법이다.

게다가 어째서인지 앞으로 자주 엮일 것 같으니, 궁금한 부분은 천천히 알아가도 될 일이었다.

'그나저나……'

지붕 위에 숨어, 홀로 검을 수련하고 있는 정범을 바라보는 혈독수의 눈에 의아함이 어렸다. 의뢰자인 정선욱에 대해서는 더 이상 궁금하지 않다. 하지만 그가 의뢰한 인물만큼은 분명 의외였다.

'잘해야 일류?'

사실 그것조차도 애매하다.

제법 내력도 탄탄하고, 검을 휘두르는 동작에 힘이 보이지만 그것이 전부다. 어딘지 모르게 어설퍼 보이는 정범의 검격을 보고 있노라면 저잣거리에 널린 삼류가 떠오르곤 한다. 물론, 그렇다고 하여 정범을 삼류 무인으로 볼 생각은 없었다.

전투에 있어서는 잘 다져진 내공과, 힘 있는 검공만으로
도 충분히 위협이 될 수 있다. 결국 혈독수는 최종적으로
정범이 일류 무인이라는 결론을 내렸다.

'아무리 그래도 그렇지. 쩝.'

실상 이 넓은 무림에 있어 일류라는 이름을 달 수 있는
것만 하여도 대단한 무인이다. 하지만 하선욱이 의뢰를 넣
은 인물은 다름 아닌 혈독수다. 그를 아는 사람들은 주저
않고 이야기한다.

예주제일살수.

밝은 곳의 지배자들을 천하오패의 수장들로 말한다면,
어두운 곳의 지배자는 바로 혈독수, 그와 같은 인물이다.
물론 그렇다고 하여 그가 천하오패의 수장을 죽일 수 있다
는 뜻은 아니지만, 적어도 그들에게도 위협이 될 수 있는
무시무시한 독검(毒劍)이라는 것을 부정할 만한 인물은 어
디에도 없었다.

'고작 닭 잡는데 소 잡는 칼을 쓸 셈인가.'

이미 하선욱이 생각했던 바에서, 본인이 닭 잡는 칼이 되
었다는 생각은 조금도 하지 못한 혈독수의 입가로 비릿한
웃음이 떠올랐다.

'어찌 됐든 저런 녀석쯤이야 간단하지. 오늘 밤에 바로
실행한다.'

마음 같아서는 당장에 목을 긋고 싶었지만, 옆에 있는 대룡문의 금지옥엽이자 철혈빙공이라 불리는 여인이 신경 쓰인다. 겉으로만 보아도 절정 이상의 기운을 내뿜는 그녀는 혈독수로서도 여러 의미로 부담스러운 상대일 수밖에 없었다.

때문에 밤까지 작업을 미룬 혈독수는 가벼운 마음으로 정범을 바라보았다.

'최대한 즐겨 두거라. 얼마 남지 않은 인생이니. 흐흐.'

*　　　*　　　*

예선전에는 참가자와 담당자, 진행위원을 제외하면 그 누구도 참관할 수 없다. 그 이야기는 이미 본선 진출이 확정된 참가자라 하여도 다를 바 없었다. 그렇다고는 하여도, 내부에서 흘러나오는 소식까지 막을 수는 없다.

"내일이면 이제 예선전은 모두 끝날 것 같네요."

북궁소의 말에 이마 위로 흐르는 땀을 닦은 정범이 고개를 주억였다.

비밀리에 진행되었던 예선전이 막을 내린다.

한 번에 오십 명씩이나 밀어 넣고 강제로 몰아붙였으니 생각보다 빠른 속도라 하여도 이상한 일은 아니었다. 어찌 보자면 삼주야나 걸렸으니 늦다고도 할 수 있는 셈이다.

"곧 본선이군요."

"예선전이 끝나고 삼주야 뒤에 바로 시작한다고 했으니까요. 그때가 되면 더 난리일 거예요."

본선.

진정한 무림대회의 시작이다.

수많은 무림의 명사들과, 관중들이 그들을 지켜본다. 누군가는 그 사실만으로 밤잠을 이루지 못하고 떨리는 가슴을 부여잡을지도 모른다.

하나 정범에게는 모두 관련이 없는 이야기였다.

'그때까지 노야의 말을 조금이라도 이해할 수 있으려나?'

초식을 잊으라는 말은 이제 의식이 아닌 몸에 박혔다.

정범의 검법은 누가 보아도 막무가내로 휘두르는 몸부림에 불과하다.

상대의 내력조차 볼 줄 모르는 삼류 무인들이 본다면 배를 잡고 뒹굴지도 모를 볼썽사나운 꼴이기도 했다.

이런 상태라면 본선에 가서 오히려 예선보다 못한 실력을 보일 확률이 높았다.

"본선 진출자들 중에, 궁금한 사람은 없으세요?"

고민하는 정범을 향해, 북궁소가 물었다.

어찌 됐든 대회에 참가한 이상 정범 역시 호기심이 생길 수밖에 없다고 생각했기 때문이었다.

"글쎄요. 아는 사람이 몇 없으니…… 아! 초 아우와 소 형은 어찌 되었답니까?"

"소 공자는 예선전을 통과한 이후 홀로 산중에 들어갔다고 하더라고요. 본선 이전에 스스로를 더 갈고닦고 싶은가 봐요."

"초 아우는?"

"초 공자는 아직……. 아마 내일 예선으로 알고 있어요."

"본선에서 볼 수 있으면 좋겠군요."

정범의 말에 북궁소가 눈웃음을 그렸다.

"왜 웃습니까?"

당황한 정범의 물음에, 북궁소가 고개를 내저으며 말한다.

"초 공자는 후기지수 중 제일이라는 소리를 듣는 사람이에요. 나이 때문에 이제 그것도 슬 끝나가지만, 어찌 됐든 그런 초 공자를 예선전부터 걱정하는 사람은 정 공자뿐일 걸요?"

"그, 그렇습니까."

"예. 만약이라는 가정이 있긴 하지만, 어지간하면 초 공자가 예선에서 떨어질 일은 없을 거예요."

"다행이군요."

"그보다 정 공자야말로 걱정 아니에요?"

북궁소의 물음에, 쓴웃음을 그린 정범이 고개를 주억였다.

아닌 말이 아니라, 지금 이 상태면 위험하다고 스스로도 몇 번이고 생각 중이었으니 말이다.

"최선을 다해 봐야겠지요."

"음……."

북궁소는 더 이상 긴말을 하지 않았다.

쉬운 길을 놓아두고, 어려운 길로 돌아간다면 다 이유가 있는 법이다. 괜한 참견은 오히려 방해만 될 뿐이었다.

"다시 시작해야겠군요."

그런 고민을 하는 사이, 거친 숨을 가다듬은 정범이 다시금 마구잡이로 검을 놀리기 시작했다. 거칠고, 투박한 그 검무를 보는 북궁소가 입술을 달싹이려다, 곧 고개를 내저었다.

'굳이 말할 필요는 없겠지.'

이번 무림대회에서 유독 눈에 뜨이는 인물들.

미리 정보를 알려준다면, 후에 큰 도움이 될지 모른다.

하지만 정범에게 그런 것이 필요할까?

애초부터 목표가 우승조차 아닌 사람이다.

'직접 보고 생각하시겠지.'

북궁소는 생각을 접었다.

직후 정범의 옆에 서 검을 잡았다.

그녀 역시 마음 놓고 있을 시간은 없었다.

＊　　　＊　　　＊

밤이 되고, 북궁소는 다시 소림으로 올라갔다.

어쩔 수 없이 한방을 써야 된다는 변명도 더 이상은 통하지 않는 상황이 되었으니 어쩔 수 없는 노릇이다. 그렇게 북궁소가 떠나간 자리, 홀로 남은 정범의 입가로 묘한 미소가 번졌다.

'그래도 매일같이 옆에 있어 주는 사람이 있으니, 너무 좋구나.'

강호에 나오면 정녕 혼자일 줄만 알았다.

애초에 지인도 없는 데다, 명성이 높은 것도 아니다.

그야말로 천하를 둘러보고 싶다는 욕심에 강호로 뛰쳐나왔으니 당연한 일이라 생각했다.

한데 그 생각 자체가 잘못된 것이었다.

강호는 넓은 만큼, 많은 인연을 간직하고 있었다.

그중에서도 북궁소와의 인연은 단연 제일이라 말하기에

부족함이 없다.

'설렘인가……'

정범도 자신의 마음을 모르지는 않았다.

북궁소를 보면 가슴이 설레고 떨린다.

이성을 보고 처음으로 느낀 감정이다. 하나 그 감정이 둘의 것인지, 혼자만의 것인지에 대한 확신은 없었다.

'아서라. 무슨 욕심을 부리는 게냐.'

웃음을 지은 정범이 고개를 내저었다.

북궁소는 예쁘다.

굳이 좋아하는 마음이 없더라도, 그녀가 아름답다는 사실만큼은 변하지 않는다.

그런 그녀를 좋아하는 남자는 많을 것이다.

개중에는 정범이 감히 엄두도 못 낼 사람들도 다수 있을 터였다.

'그저 이 한 가슴에 품고 살아가는 것도 나쁘지 않을 테지.'

정범은 욕심을 버렸다.

괜한 고집을 피우다가, 서로에게 상처가 되는 것보다는 그편이 나을 것이라 생각했다. 적어도 서로 멀어질 일은 없을 터니 말이다.

"연심(聯心)이란 게 마음을 비운다고 접어질 일이더냐.

쯧쯧."

"노야!"

언제 내려온 것인지, 정범의 등 뒤로 모습을 드러낸 영 노야가 미소를 보이며 말했다.

"뒷모습만 보아도 예쁘구나. 좋아하는 아이냐?"

"아, 아닙니다."

"아니기는. 네 얼굴에 다 써 있다."

"……."

무엇으로 놀려도 꿈쩍도 하지 않던 정범의 얼굴이 붉어진 모습에, 영 노야의 얼굴에 더욱 짓궂은 감정이 떠올랐다.

"그렇게…… 표가 납니까?"

"암. 모른 척하지 않는 이상 모를 수가 없더구나. 흐흐. 아, 그래도 걱정은 하지 말거라. 남들은 다 알아도 본인들끼리는 모르는 게 또 연심이란 놈이거든."

영 노야의 말에, 혹여 북궁소에게도 마음을 들켰을까 놀랐던 정범의 얼굴에 안도의 표정이 떠올랐다.

'이놈 봐라. 이렇게 알기 쉬운 녀석이 아닌데…….'

연심이란 것이 참으로 기묘하다고밖에 표현할 수가 없다.

"한데 노야께서는 어찌 그리 잘 아시는 겁니까?"

"이 몸이 한때는 중원의 여인들 수십을 울리고 다닌 몸이다."

"아……!"

순수하게 감탄하는 정범의 모습에, 영 노야의 얼굴 위로 뿌듯한 미소가 떠오른다. 젊은 시절 나름대로 잘 나갔던 당시를 떠올리니 어딘지 모르게 흡족한 생각도 든 덕이었다.

"하면 성혼(成婚)은……?"

정범의 질문은 순수한 의도였다.

그 정도로 여자가 많았다면, 성혼을 한 번쯤 떠올려 볼 수도 있었을 터다. 한데 지금 영 노야는 혼자이니 의문이 없을 수가 없는 탓이었다.

"크, 큼……! 본래 바람이란 것은 잡힐 수가 없는 법이지. 바로 내가 그랬단다."

잠시, 얼굴에 떠오른 미소를 지우고 당황한 표정을 짓던 영 노야가 재빠르게 뒷말을 덧붙였다. 시선은 어느덧 허공에 둔 채다.

잠시 그러한 영 노야의 모습을 뚫어져라 바라보던 정범이 곧 웃으며 고개를 주억였다.

"바람이라…… 사람의 마음이란 분명 그런 것일지도 모르겠군요."

북궁소를 떠올리는 것이 뻔한 정범의 표정에, 재빨리 표정을 수습한 영 노야가 다시금 말을 이었다.

"모든 사람의 마음이 바람인 것만은 아니지. 그냥 내가 그랬다는 거다. 내가. 뭐, 이런 별 쓸데없는 이야기는 그만두고. 예선전은 어찌 힘겹게 통과했다고?"

"죽을 뻔했습니다."

"지금 당장도 멀쩡하기만 하구만, 젊은 놈이 엄살은."

"하하……."

정범이 머쓱하게 웃으며 뒷머리를 긁적였다.

실제로 죽지는 않았더라도, 자잘한 외상이 너무 많아 위험한 날이었다. 북궁소의 극진한 간호가 없었다면 아직까지도 앓는 소리를 내고 있었을지도 모를 일이었다.

"그래. 초식은 버렸고?"

"힘겹게나마 잊고 있습니다."

"흠……."

잠시, 얼굴에서 표정을 지운 영 노야의 두 눈이 정범을 바라본다. 투명하기 그지없는 그 눈동자에 정범은 자신의 속내가 속속들이 꿰뚫리는 것만 같은 기분을 느꼈다.

그렇게 한참 동안 정범을 바라보던 영 노야의 입가로 즐거운 미소가 떠올랐다.

"그래, 얼마나 엉망이 되었는지 한번 직접 보자꾸나."

"정말 최악일 겁니다."

두 사람이 서로를 마주 보며 웃었다.

직후 정범이 검을 들고 다시금 마구잡이식 수련을 시작했다.

그 끝을 본 영 노야는 대소를 터트리며 자신의 무릎을 탁 쳤다.

"엉망진창에, 볼품이 없다! 더할 나위 없이 훌륭하구나!"

모순(矛盾)이라고밖에 할 수 없는 말을 남긴 영 노야가 자리에서 벌떡 일어났다.

"걱정이 들어 내려왔는데, 괜한 기우에 불과했구나. 잘하고 있다. 앞으로도 그렇게만 하면 될 게야."

그 말과 함께, 영 노야의 모습이 안개처럼 사라진다.

더 이상 대화가 필요 없다는 뜻이리라.

"올바르게 가고 있다라."

수련을 하면서도 유일하게 두려웠던 것.

그 걱정을 떨치게 해 주었으니 영 노야의 방문이 기우만은 아니었다.

"감사합니다."

처음부터 존재하지 않았다는 듯, 흔적도 없이 영 노야가 사라진 자리를 향해 정중히 인사한 정범이 다시 검을 잡았다.

방향이 확실하다면 노력만이 남을 뿐이었다.

　　　　*　　　*　　　*

　살수는 은밀하다.

　결코 흔적을 남기지 않으며, 조용하다.

　그렇기 때문에 살행(殺行) 중 입을 여는 경우는 없었다.

　혈독수의 경우, 살행 중 자신이 입을 열 때는 곧 죽음의
신음을 흘리는 순간이라고만 생각했다.

　"대, 대체……."

　그 모든 규칙과, 생각이 단숨에 깨어졌다.

　저도 모르게 입을 크게 벌리며 말문을 흘린 혈독수의 뒷
목이 뻣뻣하게 굳었다. 이마 위로는 송글송글 식은땀이 맺
혔다. 눈앞에 아무렇지도 않게 앉아서 웃고 있는 노인과 처
음 눈을 마주친 순간부터 그러했다.

　"설마 네놈이 숨은 위치를 어찌 알았냐고 묻고 싶은 게
냐?"

　노인, 영 노야는 어이가 없다는 듯한 눈빛으로 혈독수를
바라보았다.

　"실력에 제법 자신이 있는 것 같다만, 오만(傲慢)이다."

　물론, 실력에는 자신이 있었다.

　처음 영 노야가 그의 위치를 한눈에 꿰뚫어 보았을 때에

도 놀랐다. 하나 고작 그것뿐이라면 지금처럼 놀라지 않았을 터다.

'대체 정체가 뭐냐!?'

북궁소가 사라지고, 계획을 실행하기로 마음먹은 혈독수가 어둠 속에서 은밀히 몸을 움직였다.

굳이 깊은 밤을 기다릴 필요도 없었다.

그림자를 따라 은밀히 이동해, 눈치챌 사이도 없이 목을 베 버리면 그만인 일이다. 한데 갑작스럽게 영 노야가 나타났다. 기척도 느끼지 못한 초고수의 등장에, 자연스레 혈독수의 행동은 제재되었다.

걸음을 멈추고, 숨조차 죽인 채 바위 뒤에 숨은 그를 향해 영 노야가 웃음을 보였을 때는 심장이 떨어지는 줄로만 알았다.

때문에 그 자리에서 곧장 달아났다.

엄두조차 낼 수 없는 초고수다.

짧지 않은 혈독수의 살수 인생 가운데, 그런 괴물 같은 노인은 본 적이 없다 자부할 수 있었다.

다행히 노인은 그를 크게 신경 쓰지 않는 듯했다.

그저 눈앞의 어수룩하다고밖에 표현할 수 없는 초보적인 검술을 구경하고 있을 뿐이다.

분명 그게 마지막으로 보았던 모습이다.

아니, 마지막이 되었어야만 했다.

한데 지금 그의 눈앞에, 어두운 골목길 한복판이 제집이라도 된 양 앉아 있는 영 노야가 있었다. 마치 처음부터 그가 이곳으로 오리란 것을 알았다는 듯 기다리고 있는 영 노야의 모습에 혈독수는 심장이 터질 듯 놀라고 말았다.

"보자, 누가 시킨 일인지는 죽어도 대답하지 않을 테지?"

앉아 있던 자리에서 천천히 일어나며 엉덩이를 툭툭 터는 영 노야가 물어온다. 그 허점투성이의 모습을 보고도 감히 함부로 발을 뗄 수 없다. 검을 뽑을 생각은 더욱 들지 않았다.

"모르……오."

간신히 해낸 일이라고는, 진실을 말하는 것뿐이다.

보통 살수는 의뢰인의 정체를 언급하지 않는다.

혈독수라고 해도 다를 바는 없다.

오히려 상대의 정체를 알았다면 입을 열지 않았을 터다. 하나 그는 하선욱이 누군지 몰랐다. 단지 젊은 청년이라는 사실만을 기억할 뿐이었다.

"진짜? 정말 몰라?"

훅—!

마치 귀신처럼, 혈독수의 눈앞으로 다가온 영 노야가 두 눈을 마주한 채 묻는다. 부리부리한 두 눈에 서린 매서운 기운에 혈독수의 온몸이 떨렸다. 저항할 엄두가 나지 않는다. 시선은 자연스레 아래로 떨어진다.

맹수의 앞에 선 초식 동물이다.

포식자 앞의 피식자다.

진실을 숨기려 하였다면 정말 가능했을까?

죽음을 각오한다고 될 일이 아니다.

의지를 제압하는 포식자의 질문은 피할 도리가 없었다.

"정말……입니다. 젊은 청년이라는 것 말고는……."

"의뢰금은?"

"자리에서 곧바로 현금으로……."

"흠……."

영 노야가 자신의 턱을 쓰다듬었다.

알 수 있다.

눈앞의 혈독수는 거짓을 말하고 있지 않았다.

그는 제법 아니, 굉장히 뛰어난 살수였다.

'감각이 좋은 녀석이라고 해야 하나?'

굳이 영 노야가 표현하지 않아도 그의 무서움을 안다. 직감에 가까운 본능을 가지고 있다는 뜻이다. 살수가 아니라 일반적인 무인이 가졌어도 좋을 재능이었다. 그런 좋은 재능 덕에 목숨은 건졌다. 영 노야의 무서움을 알아보고, 스스로 진실을 말했다. 거짓을 고할 힘은 어디에도 없을 터였다.

'하면 그 젊은 청년이라는 놈이 영악하다는 뜻인데.'

어쩌면 아주 만약에라도, 혈독수가 실패했을 때를 염두에 두었을지도 몰랐다.

'누군지 궁금하군.'

지금의 영 노야로서는 알 수 없는 일이었다.

영 노야는 곧바로 의뢰자에 대한 호기심을 거두었다.

정범은 강호를 꽤나 주유했다고 들었다. 본래 강호란 곳이 원한에 원한을 쌓아가는 곳. 심지어 정범의 성정을 생각한다면, 그런 쓸데없는 원한이 쌓일 이유가 넘치고도 남았다. 결국 무언가를 추측하는 것조차 쉽지가 않았다.

알 수 없는 일에 목을 맬 필요는 없다.

대신하여 영 노야는 눈앞의 혈독수를 주목했다.

"죽고 싶지는 않겠지?"

죽음은 두렵지 않다고 생각했다.

살수에게 죽음은 언제나 곁에 있는 존재다.

혈독수의 두 눈에 처음으로 독기가 어렸다.

"난 살수요."

그 짧은 말이, 모든 감정과 생각을 담아내고 있었다.

영 노야는 그러한 혈독수의 기개가 더 마음에 들었다.

절로 웃음이 터져 나올 뻔한 것을 참아야 할 정도였다.

"죽음은 두렵지 않다 이거지?"

긴말이 필요할까.

혈독수는 입을 닫고, 눈조차 감았다.

죽이려면 죽여라.

그것이 살수의 인생이었으니 말이다.

"그러면 이건 어떨까?"

영 노야의 오른손이 혈독수의 배꼽 아래에 얹어졌다.

단전이 위치한 부위.

무인이라면 목숨보다 귀중히 여기는 장소다.

그런 무인을 죽여야만 하는 살수의 입장에서도 다를 것은 없다. 혈독수 역시 저도 모르게 몸을 꿈틀거렸다. 하나 이번에도 참았다. 어차피 죽으면 다 필요 없는 것 아닌가?

"차라리 목을 치시오!"

당당히 외치는 혈독수를 향해, 웃음을 보인 영 노야가 답했다.

"싫어."

꽝—!

혈독수의 배꼽 아래에 거대한 기운이 부딪쳤다.

"쿨럭—!"

핏물을 쏟으며, 제자리에 주저앉은 혈독수의 몸이 덜덜

떨렸다.

'부서졌나?'

말로 못 할 상실감.

허탈감.

엄청난 감정이 몸속에 회오리 칠 줄로만 알았다.

한데 멀쩡하다.

아니, 그게 아니라 여전히 몸에 내력이 흐르고 있었다.

단지 그 줄기가 아주 얇아졌을 뿐이다.

의문에 대한 답은 영 노야가 내주었다.

"내력을 일부 봉인했다."

"그게 무슨……?"

말도 안 되는 소리다.

단전을 부수는 것도 아니고 내력의 봉인이라니.

독이나 약을 통해 그러한 일을 행하는 경우는 들어보았지만, 이러한 경우는 듣도 보도 못했다.

"방법은 궁금해하지 말고. 어차피 알려줘도 못 할 테니 말이다. 참, 걱정도 하지 마라. 시간이 지나면 다 돌아올 테니."

이야기를 들으면 들을수록 혈독수의 눈에 의아함이 어렸다.

대체 왜?

죽을 줄로만 알았는데 죽이지도 않는다.

단전을 박살 낼 줄 알았는데 단전조차 무사하다.

단지 내력의 봉인이란다.

그조차도 시간제한이 있어, 때가 되면 풀린다.

도저히 이해를 할 수 없는 사건의 연속이라고밖에 할 수 없었다.

"어렵게 생각할 필요 없다. 그냥 하던 일 계속하면 돼."

"그 무슨 말이요?"

"말 그대로다. 의뢰받았잖아? 죽여야 하지 않아?"

혈독수의 머릿속이 더욱 복잡해졌다.

척 보아도 청부대상과, 눈앞의 노인은 친하다.

어떠한 사이인지 자세히는 모르지만 겉으로만 보자면 사제(師弟)지간처럼 보이기도 했다.

한데 그런 인물을 죽이라고?

복잡하던 혈독수의 생각은, 곧 한 가지로 정리되었다.

단전의 내력이 봉인되었다.

비록 힘의 대다수를 잃었지만, 그는 여전히 살수다.

"설마 당신……?"

정범과 수준을 맞추었다.

일종의 제약을 줌으로써, 정범이 충분히 반응할 수 있는 상황까지 만든 것이다. 결국 눈앞의 노인이 원하는 것은 수련이다. 그것도 목숨을 건, 지독한 수련. 그 어떤 스승이 있어 제자의 목숨을 걸고 수련을 한단 말인가? 이해할 수 없는 일을, 눈앞의 노인이 해내고 있었다.

"부정하지는 않으마."

심지어 영 노야는 부정하지도 않았다.

뿐만이 아니었다.

"혹시 해서 말하건대, 가능하다면 꼭 죽여라. 만약 그리 된다면 내가 두 번 다시 너를 찾을 일은 없을 게다. 내 이름을 걸고 약속하지."

믿을 수 없는 말이라 한들, 뒷일까지 확실하게 다짐해준 노인이 눈앞에서 사라졌다.

어두운 골목길, 홀로 남은 혈독수는 헛웃음을 흘릴 수밖에 없었다.

"하, 하하……."

완전히 농락당했다.

거기에 더해 기괴한 꼴로 이용당하는 꼴이 되었다.

마음 속 한편에서는 더 능욕당하기 전에 차라리 죽자는 생각도 들었지만, 곧 고개를 내저었다.

"어찌 되었든, 놈을 아낀다는 말이지."

두 눈에 살의가 깃들었다.

설령 대상을 죽여 노인이 다시 찾아온다 한들, 그 기쁨에 웃음을 그린 채 죽을 수 있을 것만 같았다. 때문에 한 번의 치욕을 참는다. 대신하여 이미 예정되었던 목표에 집중하면 될 일이다.

'꼭…… 후회하게 만들어주지.'

두 주먹을 쥔 혈독수가 이를 갈았다.

내공의 태반을 잃었다 한들, 그는 여전히 예주제일의 살수였다.

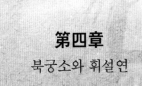

第四章

북궁소와 휘설연

정범에게 있어 또 다른 고역(苦役)이 찾아왔다.

시작은 늦은 밤이었다.

침상 밑에서 갑작스럽게 다가오는 차가운 감촉에 본능적으로 몸을 굴렸다. 동시에 마주한 것은 침상을 뚫고 나온 예리한 검 한 자루였다.

"누구요!?"

놀란 정범이 침상을 뒤엎었을 때에는, 이미 상대의 모습이 사라진 후였다.

누군가 자신을 노리고 있다.

자연스레 정범의 심장에 섬뜩함이 찾아왔다.

방금 전만 하여도 본능적인 감각이 아니었다면 이미 시체가 되어 침상에 서늘한 핏물을 흘리고 있었을 터. 무엇보다 상대의 얼굴조차 보지 못했다는 사실이 놀라웠다.

'실력이 뛰어난 살수다.'

문제는 그 사건이 시작에 불과했다는 점이었다.

상대는 집요하게 정범의 목숨을 노리고 살수를 펼쳤다. 화장실에 갈 때, 수련에 집중할 때, 잠이 들기 직전, 잠이 든 도중. 잠깐이라도 방심하면, 목숨이 달아났을 위기가 하루에도 수번은 오갔다.

그 와중에 알아낸 행동 규칙 중 하나는 다행히 상대가 시와 때를 모두 가리지 않는 것은 아니란 사실이었다.

'북궁 소저가 있을 때는 철저히 자제한다.'

부담되는 실력자가 있을 때에는 완전히 모습을 감춘다.

어딘지 모르게 느껴지는 살기도 보이지 않았다.

덕분에 북궁소와 함께 있는 때는 정범에게 있어 휴식 시간과 같았다. 적어도 그동안만큼은 살수의 위협에 대해 날을 세우고 있지 않아도 되니 말이다. 한데 그조차도 착각이었다.

객잔 주방에서 나온 소면을 먹기 위해 젓가락을 들었던 정범의 미간이 묘하게 찌푸려졌다.

'냄새가 이상한데?'

며칠째 같은 음식만 먹은 탓에, 그 맛과 향을 정확히 기억하고 있는 정범이었다. 한데 오늘 나온 소면에서는 처음 맡아보는 기괴한 향이 났다.

"잠시 실례하겠습니다."

혹시 하는 마음에 북궁소의 소면을 받아 확인해 보니 둘의 향이 확연히 달랐다.

"왜 그러세요?"

북궁소가 날카로운 눈초리로 물었다.

전날부터 유독 정범의 행동 어딘가가 이상하다고 여기고 있던 차다. 그조차도 수련의 일환이라 생각하고 별 이야기를 꺼내지 않았던 것인데, 갑자기 음식마저 뺏어가 향을 맡아 보니 의심이 들 수밖에 없었다.

굳이 북궁소에게 감추려던 것만도 아닌 정범이 솔직하게 답했다.

"아무래도…… 살수가 있는 것 같습니다."

정범의 말에, 북궁소의 얼굴이 차갑게 굳어졌다.

"살수요?"

되묻는 음성에는 감추지 못한 살기(殺氣)가 맺혔다.

"예. 아직 얼굴조차 보지 못했지만, 집요하게 노리는군요."

"감히……."

"이것 참 곤란하군요. 다른 것은 괜찮았지만 음식마저 이래서야……."

"혹시 얼굴은 보셨나요?"

"전혀 못 봤습니다. 날래더군요."

"음……."

북궁소가 쓴 신음을 흘렸다. 이후 망설임이 가득한 표정으로 턱을 쓰다듬던 북궁소가 조심스럽게 입을 열었다.

"일단, 음식은 앞으로 제가 준비해도 될까요?"

"북궁 소저가 말입니까?"

"무, 물론 제가 한다는 건 아니고, 담당 숙주가 있어서 하는 말이에요!"

놀란 정범의 물음에, 얼굴을 붉힌 북궁소가 손을 내저으며 말했다. 충분히 오해를 살 수 있는 말이라 생각된 탓이다.

"그리 해주시면 감사할 따름입니다. 다른 건 몰라도 음식은 어찌할 수 없으니까요."

대수롭지 않게 받아들이는 정범의 말에, 얼굴을 붉힌 북궁소가 살짝 고개를 주억였다.

'요리라…….'

태어나서 먹는 것 외에, 만든다는 행위에 대해서는 생각해 본 적이 없다. 하지만 정범이 먹는다고 하니, 조금은 참견하고 싶은 생각도 들었다.

'잘할 수 있을까?'

잠시, 자신의 군은 손을 바라본 북궁소가 고개를 내저었다. 지금은 그런 사소한 생각을 할 때가 아니었다.

"우선 살수를 잡아야겠네요. 그러려면……."

그 말을 하고 나니, 북궁소의 얼굴이 다시 한 번 붉어졌다. 사소한 생각은 접으려 하였는데, 계속해서 다른 생각이 든 탓이었다.

'또 어쩔 수 없이라도 같은 방에 있어야 하나.'

언제나 북궁소를 지켜준 것은 정범이었다.

하지만 이제는 반대로 그녀가 정범을 지켜줄 수 있다.

한데, 돌아온 정범의 말이 너무나 당황스러웠다.

"너무 무리하지 않으셔도 괜찮습니다. 위협이 되기는 하지만 음식만 아니라면 어떻게든 견딜 수 있을 정도니까요."

"네……?"

"몸이 계속 긴장하고 있으니, 적당한 수련이 됩니다. 이 정도라면 오히려 도움이 될 수도 있어요."

북궁소의 얼굴에 어린 당황이 감출 수 없을 정도로 커졌다.

아무리 수련광이라지만, 살수가 목숨을 위협하는 처지마

저도 수련으로 여기다니, 일반적인 상식으로는 이해할 수 없는 노릇이다.

하지만 곧, 그런 생각마저 모두 의미 없게 사라진다.

'언제는 일반적인 상식으로 이해할 수 있는 사람이었던가?'

감히 재단(裁斷)할 수 없다.

제 스스로 힘의 대부분을 봉인한 지금의 정범조차도 따지자면 이해할 수 없는 노릇 아니던가?

"알겠어요. 정 공자의 생각이 그렇다면…… 대신, 정 공자가 죽으면 상대가 누구든 찾아서 복수해 줄게요."

화사하게 웃으며, 그렇게 답한 북궁소는 생각했다.

'나도 제정신은 아니겠지?'

*   *   *

인근에 숨어 정범과 북궁소의 대화를 듣던 혈독수의 양팔 위로 소름이 돋아났다.

'셋 다 미쳤군!'

수련을 시키기 위해 아끼는 이에게 살수를 보내는 노인이나, 그를 당연하다는 듯 수련의 일환으로 받아들이는 정범, 그 말을 들었음에도 불구하고 납득하는 북궁소까지 모두 제정신으로 보이지 않았다.

'내가 지금 뭘 하고 있는 거지?'

영 노야에 대한 복수심과, 정범에 대한 분노로 움직이던 혈독수의 마음에 오히려 허망함이 어릴 정도였다. 물론 그렇다고 해서 이대로 포기할 생각은 없었다. 아니, 오히려 더욱 독기가 차올랐다.

'꼭 죽여 주마.'

살수 인생 이십여 년.

단 한 번도 누군가에게 이토록 무시당해 본 적이 없던 혈독수의 주먹이 강하게 움켜쥐어졌다.

*　　*　　*

짧은 예선전이 끝나고, 무림대회 본선의 막이 올랐다.

총 칠십 명.

결코 적지 않은 숫자의 참가자였지만, 수천에 육박했던 예선전 때를 비하자면 정말로 극소수만 남은 셈이다. 정범 역시 그러한 칠십 명 중 하나에 포함되어 무림대회 본선 경기장에 도착했다. 숭산, 소림사의 입구 앞에 지어진 대회장은 결코 크지 않다. 순수하게 크기만 생각한다면 예선 대회장이 더욱 압도적이었다고 느낄 수 있을 정도였다.

심지어 이 무림대회라는 것이 중원 전체를 아우르는 큰 행사라는 점을 생각한다면 더욱 소박하게만 보일 뿐이다.

하지만 그래도 갖출 건 다 갖추었다.

또한 그 크기가 크지 않은 대신 소림이 간직한 중후함이 깃들었다. 단출하고, 탄탄하다. 마련된 자리는 작지만, 외부로 개방되어지게끔 만들어졌기에 관객들이 관람을 하기에는 부족함이 없을 정도였다.

'화려하지는 않지만, 정중하게.'

소림의 마음이 흠뻑 느껴지는 경기장의 모습을 둘러보는 정범을 향해, 익숙한 목소리가 들려왔다.

"오, 정 형!"

한 손을 쭉 뻗으며 다가오는 반가운 얼굴에 정범도 미소를 보였다.

"본선 진출을 축하합니다. 초 아우."

"하하, 이 정도야 가벼운 것 아니겠습니까. 그나저나 정 형도 참가하신 거였습니까?"

"어쩌다 보니 그렇게 됐습니다."

정범이 고개를 끄덕인 순간, 초우의 등 뒤편으로 또 한 사람이 얼굴을 드러냈다.

"그 어쩌다 보니 덕에, 나도 큰 긴장을 해야겠군요."

"소 형!"

초우가 또 다른 반가운 얼굴을 큰 목소리로 맞이했다.

"다들 이 자리에 모이고 보니, 전에 못 했던 대련이 더 아쉬워집니다."

"시기가 안 좋았지요."

소용군의 말을, 초우가 받는다. 이제 와서는 약속했던 대련을 하기가 힘든 입장이 되었다. 본선 경기를 앞둔 시점에서 서로 전력을 노출하고, 소모할 수는 없으니 말이다.

"그래도 다들 잘 지내신 것 같아 다행입니다."

정범이 두 사람을 보며 웃었다. 북궁소와 달리 예선 기간 동안 얼굴을 보지 못했지만 두 사람 모두 크게 힘든 내색은 없었다.

"조금 바쁜 것 말고는 문제가 없었지요. 갑자기 스승님도 찾아와서는……."

웅얼거리던 초우의 시선이 정범의 얼굴을 향했다.

"아니, 이게 문제가 아니라 정 형은 얼굴이 안 좋아진 것 같은데요?"

"확실히…… 무슨 병이라도 있으신 것 아닙니까?"

초우의 말을 따라, 함께 정범의 얼굴을 본 소용군조차 놀란 표정이 되었다. 피골이 상접까지는 아니더라도, 눈에 보이게 살이 빠진 데다 얼굴에 어두운 기운마저 보인다. 두 사람의 걱정이야 당연한 것이었다.

"그게…… 별일은 아닙니다. 그냥 조금 힘든 일이 있어서……."

북궁소 때와 마찬가지로, 살수의 존재에 대해 이야기를 하려던 정범이 재빨리 말을 돌렸다. 여기서 초우와 소용군까지 알게 되고, 살수를 찾고자 나선다면 정말 일이 커지게 된다.

그 누구 하나 영향력이 적다고 할 수 없는 사람들이니 말이다. 게다가 북궁소에게 했던 말마따나, 아직 정체 모를 살수는 붙잡혀서는 안 되었다.

'살수가 도움이 될 줄이야…….'

수련의 일환이라 생각했지만, 상상도 못 했었다.

그토록 예리하게 선 날카로운 감이 그에게 새로운 방향을 제시할 줄이야!

전날 밤부터 느껴지는 무(無) 초식의 의미에 대한 해답이 정범의 뇌리에 천천히 수를 놓고 있었다.

'아직 무어라 확실히 표현할 수는 없지만…….'

감각이 이토록 날카롭게 서 있지 않았다면 지금까지도 작은 실마리조차 떠올리지 못했을 일이었다.

"걱정입니다. 그런 상태로 무림대회라니……."

소용군의 진심성 어린 눈빛에, 다시 한 번 웃음을 보인 정범이 손을 내저었다.

"저는 정말 괜찮습니다. 조금 피곤한 것뿐이에요."

"그렇다면야 다행인데…… 이거 참, 어떻게 하나."

듣고 있던 초우가 턱을 쓰다듬으며 고민에 빠진 표정을 지었다.

"무슨 일 있으십니까?"

정범이 물었다.

"아마 오늘 유시(酉時)쯤에 사제와 사매가 도착할 예정이어서 말이죠."

"사제와 사매라고 하시면…… 구 소협과 휘 소저?"

"맞습니다."

오랜만에 듣는 반가운 이름이다.

안 그래도 초우만 보여 이상하다 싶은 상황이었는데, 다른 일이 있어 늦게 숭산에 도착한 것이었다.

"보고 싶군요."

오랜만에 그리운 얼굴을 만나고 싶다.

고향 인근에서의 기억인 만큼, 더욱 그들을 만나고 싶은지도 모른다.

그런 덕인지 제법 솔직한 말이 거리낌 없이 튀어나왔다.

"하면 함께 식사라도 하시지요."

"좋습니다."

"소 형도 함께 보시는 게 어떻습니까? 시간이 괜찮으시면……."

정범이 답하자, 얼굴이 환해진 초우가 소용군을 향해 물었다.

"그러고 싶습니다만……. 대회 기간 중에는 되도록 외부 활동을 자제하려 합니다."

"아…… 그러시다면 어쩔 수 없지요."

소용군의 정중한 거절에, 고개를 주억인 초우가 아쉬움의 입맛을 다실 때였다.

"지금부터 대전표를 추첨하겠습니다. 본선 진출자분들은 경기장 중앙으로 올라오십시오!"

어느덧 본선 경기장 중앙으로 올라선 소림 스님들이 번호가 적힌 나무막대를 뒤집어 놓은 채 목소리를 높였다.

"어서 갑시다. 잘 뽑아야겠어요. 일차전부터 정 형이나 소 형을 안 만나려면 말입니다. 하하!"

초우가 웃으며 말했다.

*   *   *

본선진출자 총 칠십 명의 대전 상대가 결정되었다.

'십자검(十字劍) 효봉이라…….'

처음 듣는 별호와 이름이다.

단지 그 별호를 통해 어느 정도 무공을 추측할 수는 있었지만 말이다.

'검수라…….'

십자라는 독특한 별호가 신경 쓰였지만, 그는 직접 겪어 보면 알 일이다. 무엇보다 상대가 누가 되었든 정범 본인이 조금이라도 강해지는 게 중요했다.

'이따가 사람들이 올 때까지 최대한 수련을 해놓아야겠군.'

대전 추첨이 끝나자마자, 숙소로 돌아온 정범이 곧바로 검을 잡았다. 여전히 숨어 있지만, 느껴지는 시선 탓에 긴장감은 단 한 순간에도 풀어진 적이 없다. 검을 내뻗는 정범은 전날에 기억한 감각을 그대로 이끌고 수를 풀어나갔다.

그저 칼질이라고밖에 표현할 수 없던, 엉성하기만 하던 그 동작이 더욱 형태를 잃은 채 볼품없이 날뛴다. 하나 전날까지 보이던 것에 비하자면 무언가 다르다. 무규칙(無規則) 속에 하나의 규칙(規則)이 생긴 덕이다.

'오로지 검만 생각하자.'

이미 하나가 된.

팔의 연장선인 검.

그 검을 생각하는 것이다.

검이란 무엇인가?

어찌 보자면 똑같은 칼질에 불과한데 무엇은 초식이라 불리고, 또 무언가는 협잡(挾雜)이라고 불린다.

'지금 내가 보이는 이 우스꽝스러운 꼴은 협잡인가?'

아니다.

초식은 더욱 아니다.

결국 칼질이다.

검무라고 부르기도 우스운 칼질.

'검이라……!'

그렇게 오로지 검 하나만을 생각하며 수련에 열중하다 보니, 어느덧 그의 곁으로는 북궁소가 다가와 있었다. 정범의 집중을 깨지 않은 채 인근에 선 그녀가 검무를 춘다.

서로를 의식하였지만, 의식하지 않은 수련이 이어진다.

그러한 두 사람의 수련이 마침표를 찍은 것은 술시(戌時)가 가까워졌을 무렵이었다.

"정 형, 여기 계십니까?"

예정된 손님이 찾아왔다.

*   *   *

처음 초우가 찾아왔을 때, 북궁소는 의연했다.

본래 알던 얼굴이고, 정범과 인연도 있는 듯했으니 이상한 일이 아니다.

그가 사제와 사매라며 구종후와 휘설연을 소개하였을 때도 그리 신경 쓰지 않았다. 본래부터 꼭 필요한 일이 아니라면 타인에게 관심을 두지 않는 성격이었으니, 이 역시 당연한 일이었다.

하지만, 자연스럽게 정범의 옆에 앉은 휘설연의 목소리를 듣는 순간 북궁소는 더 이상 의연할 수 없었다.

"잘 있었죠, 정 공자?"

내용은 평범한 인사다. 오랜만에 본 사이라는 점을 생각하면, 여태껏 말이 없던 것이 더 이상하다 볼 수 있을 터다. 그 때문일까? 휘설연의 인사에서는 정말 참고, 아끼던 말을 힘겹게 내뱉은 기색이 가득했다. 감출 수 없는 짙은 그리움이 가득 배어 있었다.

"예. 휘 소저도 건강해 보이시는군요."

정범이 답하자, 휘설연이 웃는다.

봄에 활짝 피는, 만개한 꽃을 바라보는 것과 같은 그 웃음을 본 순간 북궁소의 머리가 아찔해졌다.

'정 공자를 좋아하는구나.'

모른 척하려 하여도, 모를 수가 없다.

휘설연의 눈빛에서, 행동에서, 목소리에서 그녀의 감정

이 모두 전달되었다.

"정 공자 덕분이죠. 정말로."

정범이 없었다면 죽었을지도 모른다.

이렇게 웃으면서 사형제들과 밥을 먹는 자리 또한 다시 없었을지도 모른다. 진심이 담긴 휘설연의 목소리는 당장이라도 녹아내릴 듯한 감정까지 느껴졌다.

"이것 참…… 우리 까칠 사매가 이런 모습도 있단 말이지."

초우가 재밌다는 듯 그런 휘설연을 보며 놀렸다.

"무, 무, 무슨 소리에요!"

"확실히, 평소 같지는 않지."

당황한 휘설연이 목소리를 높이자, 함께 즐거운 표정을 보인 구종후가 말한다. 두 사람 눈에는 장난기가 가득 담긴 채였다.

"정말!"

두 사람의 눈빛에 휘설연이 더욱 목소리를 높였다.

"본래 휘 소저는 다른가요?"

그러는 사이, 놀란 눈의 정범이 물었다.

적어도 그가 본 휘설연의 모습은 지금과 같을 때가 더욱 많았으니 말이다. 그 물음에 휘설연의 날카로운 눈초리가 곧장 두 사형제를 향했다.

"조, 조금 다릅니다. 조금."

"농담, 농담입니다. 정 형. 하하하!"

구종후와 초우의 목소리가 동시에 엇갈렸다.

"조금 다르군요."

정범이 고개를 주억이자, 휘설연의 날카로운 눈초리가 구종후를 당장에라도 찔러죽일 듯 무섭게 변했다. 구종후는 재빨리 시선을 피하며 딴청을 피웠지만 말이다. 그런 세 사람의 모습에, 정범의 입가로 다시 미소가 떠올랐다.

어찌 됐든 반가운 자리다.

결코 얕지 않은 인연을 가진 사람들이거늘, 많은 이야기를 나눌 기회가 없었는데 드디어 이런 자리가 생긴 것이었다.

네 사람의 대화가 즐겁게 오가기 시작했다.

그간의 일, 힘들었던 이야기, 대우촌의 풍경, 연풍서림에서의 일.

추억이 오간다.

그 사이에 껴, 팔짱을 낀 채 눈을 감은 북궁소의 머릿속에는 수많은 생각이 오갔다.

'당연한 일이야. 나만 좋아하리라는 법은 없었잖아?'

정범은 매력적인 사람이다.

잔잔한 강물과도 같지만, 때로는 몰아치는 폭풍처럼 사

납기도 하다. 전혀 다른 두 모습이지만, 그 안에 있으면 묘한 안정감을 느끼고는 한다. 저도 모르게 마음이 흔들려도 이상한 일이 아니다. 북궁소 본인만 하여도 그랬지 않던가?

'당연한 일. 당연한 일.'

언젠가는 찾아왔을 일.

휘설연이 아니더라도, 누군가가 다가왔을 것이다.

게다가 휘설연은 그녀보다도 먼저였다.

'시기할 자격도 없어. 질투는 무슨……'

분명 그녀는 정범을 좋아했다.

사람이 아닌, 한 명의 여인으로서 그의 품에 안기고 싶다. 하나 할 수 없는 일이다. 해서는 안 된다. 어깨에 지고 있는 짐이, 등 뒤로부터 내려오는 예리한 시선이 그녀의 어깨를 무겁게 짓누른다.

그러니, 자격이 없다.

마음을 가다듬을 뿐이다.

"북궁 소저?"

"네?"

정범의 목소리에, 감고 있던 눈을 뜬 북궁소가 답했다.

"무슨 생각이 그리 깊으신 건가요?"

웃으며 물어온다.

고민이 있으면 함께 나누려고 한다. 하지만 지금은 나눌 수 없다. 때문에 북궁소는 평소와 다름없는 웃음을 보이며 말했다.

"아무 일도."

그래, 아무런 일도 없는 것이었다.

*   *   *

반가운 자리였지만 술은 없었다.

각자 무림대회를 눈앞에 둔 상태다.

특히 정범은 살수에게 노려지고 있었다.

정신을 잃을 정도의 일을 할 수 있을 리가 없었다.

나름대로 즐거웠던 자리가 파(破)하고, 세 사람이 먼저 자리에서 일어났다. 마지막까지 정범의 곁에 남아 있던 북궁소도 웃으며 인사한다.

"그럼, 저도 이만 가볼게요."

"북궁 소저."

정범이 그런 북궁소를 붙잡았다.

"예?"

"정말 아무 일도 없는 겁니까?"

"그럼요."

북궁소가 웃어 보였다. 태연한 그녀의 모습에, 정범은 더 말을 붙일 수가 없었다.

"내일 또 뵐게요."

"기다리겠습니다."

"……."

북궁소는 더 이상 아무런 말을 하지 않은 채 등을 돌려 객점을 벗어났다.

느린 걸음으로 숭산을 향하니, 정범의 마지막 말이 머릿속에 맴돌았다.

"기다리겠습니다…… 인가."

언제나 기다리는 것은 자신의 몫이었다.

찾아가는 것도 본인의 몫.

어쩔 수 없는 일이다.

좋아하는 사람이 질 수밖에 없으니 말이다.

한데, 오늘 처음으로 정범에게 기다리겠다는 말을 들었다. 큰 의미는 없었을 터다. 마지막 인사에 불과했으니 말이다. 한데 그 말을 듣는 순간, 어째서 마음이 크게 격동한 것인지는, 알 수가 없는 노릇이다.

'사랑이라…… 애초에 어울리지 않는 일이야.'

좋아하고, 그 감정을 마음껏 분출했다.

하나 누군가 그의 옆에 온다면 언제든 자리를 양보하리

라 생각했다. 매일 밤, 몇 번이고 아픈 가슴을 붙잡으며 다짐했다.

'휘 소저라면 괜찮아.'

성격이 밝다. 주변으로는 좋은 사람들이 가득하다. 자신과 같은 천하오패의 공녀다. 착하고, 머리도 좋은 듯하다. 무엇보다 진심으로 정범을 좋아하는 것 같으니 더할 나위가 없다.

"여기 계셨군요. 북궁 소저."

그 휘설연이, 북궁소의 눈앞에 나타났다.

"······."

급하게 뛰어 돌아온 듯한 그녀를 보자, 의문이 생겨났지만 먼저 입을 열지는 않는다.

"잠시 대화 좀 나눌 수 있을까요? 후······."

깊은숨을 몰아 내쉬는 휘설연을 향해 북궁소가 고개를 주억였다.

"잠깐이라면."

저도 모르게 흘러나온 차가운 목소리에는 너무 놀라고 말았다.

'괜찮다고 생각했잖아?'

하나 곧, 본래 자신은 그런 성격이라고 자위하며 마음을 가다듬는다.

휘설연은 북궁소의 차가운 눈과 마주했다.

척 보아도 알 수 있었다.

'나와는 완전히 달라.'

단순히 차갑다는 표현만으로 그 감정을 모두 말할 수는 없다.

서늘하고, 어둡고, 외롭다.

마치 한겨울의 초원 한복판에 홀로 서 있는, 벌거벗은 앙상한 나무를 보는 것만 같다.

그녀의 표정이나, 분위기 탓에 그렇게 느껴지는 게 아니다. 품고 있는 것이 다르다.

때문에 품고 있는 그 마음이 너무나 안타깝다.

"짧게 하라고 하시니, 단도직입적으로 물을게요. 정 공자, 좋아하시죠?"

"……."

북궁소는 이번에도 대답이 없었다.

다만 두 눈에 서린 한기가 더욱 짙어졌을 뿐이다.

얼굴은 차갑게 굳는다.

그를 보니 더욱 확신할 수 있었다.

처음부터, 북궁소가 정범을 바라보는 시선을 목격한 순간에서부터 알 수 있던 사실을 가슴 깊이 체감한다.

하나라도 더 가진 자신이 이쯤에서 물러나야만 할 것 같은 생각도 든다.

물론, 그 생각은 어디까지나 생각으로 그칠 뿐이었다.

"저도 좋아해요."

"그래서?"

북궁소의 음성에 서린 한기가 당장에라도 눈앞의 휘설연을 베어버릴 듯 날카로운 예기를 뿌린다.

"양보할 생각은 없어요."

"하……."

휘설연의 말에, 어이가 없다는 듯 혀를 찬 북궁소가 앞으로 걸어 나가기 시작했다. 더 이상은 들을 가치도 없다. 치기 어린 치정(癡情) 싸움을 하기에는 그녀가 안고 있는 짐이 너무나 무겁다.

아무렴 마음대로 해도 상관없다는 것이 더 옳았다.

자신을 무시하고, 지나치는 북궁소의 등을 바라보는 휘설연이 다시 한 번 입을 열었다.

"파산노사께, 짧게나마 이야기를 들었어요."

잠깐이지만, 거침없어 보이던 북궁소의 걸음이 흔들렸다. 하지만 멈추지 않는다. 북궁소는 계속해서 앞을 향해 걸어 나갔다.

"그렇기 때문에…… 당신 같은 사람이니까 더 양보할 수 없는 거예요."

휘설연이 뒤로 돌아, 북궁소의 뒷모습을 향해 말했다.

그녀의 어깨에 얹어진 짐을 안다 말할 수는 없다.

겪어보지 않는 한, 감히 말을 해선 안 될 일일 테니 말이다.

그러나, 결코 그 무거운 책임감에 정범을 함께 끼울 생각은 없다.

"……마음대로 해."

같잖지도 않은 이야기를 듣는다는 듯, 짧은 말을 남긴 북궁소의 신형이 사라졌다. 더 이상 뒷말도 듣지 않겠다는 뜻이다.

홀로 남은 휘설연의 입가로는 쓴웃음이 번졌다.

"말은 이렇게 했지만…… 뜻대로 되려나요."

북궁소가 알아챘듯, 휘설연도 느꼈다.

때문에 확실하게 알아 낸 사실이 하나 더 있었다.

"사랑이란 게…… 혼자 하는 건 아니잖아요."

날이 선 찬바람이 휘설연의 소매 사이로 파고들었다.

＊　　　＊　　　＊

'당신 같은 사람이니까 더 양보할 수 없다고?'

차갑게 굳은 얼굴로 달려 나가는 북궁소의 심장이 얼음

처럼 얼어붙는다. 휘설연의 말은 너무나 싫지만, 또한 옳은
말이라고밖에 할 수 없었다.

'너무 나답지 않았지.'

오히려 그간의 북궁소가 이상했다. 아니, 그녀뿐만이 아
니다. 주변의 모든 것들이 너무 많이 달랐다. 때문에 착각
에 빠졌던 것이다. 자신도 할 수 있다고, 보기만 하는 일쯤
은 괜찮다고 생각했다.

[너는 사자(死者)다.]

뇌리로 북궁단청의 목소리가 들려온다.

살아 있는 그녀를 향해 차갑게 내려앉는 죽음의 목소리
였다.

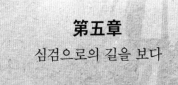

第五章

심검으로의 길을 보다

  무림대회 본선 경기.

  각자 팔(八) 번과 십삼(十三) 번으로 앞 번호에 배정된 정
범과 북궁소는 첫날 곧바로 경기장에 올랐다. 앞선 경기는
팔 번에 위치한 북궁소의 경기였다. 상대는 사파계열에서
제법 이름을 날린다는 고수였는데, 삼 합을 나누기도 전에
항복을 선언했다. 평소보다 과감하게 움직이는 북궁소의
검은 자칫하면 목숨을 앗아갈 수 있을 정도로 위협적이었
으니, 어쩔 수 없는 노릇이었다.

  '본선부터는 살인이 허용.'

  물론, 어쩔 수 없는 경우라는 전제가 붙지만 어찌 됐든

예선전과 다르게 살인이 일부나마 용납된다는 사실은 위협적이다. 누군가는 그를 의도적으로 이용해 승리를 거머쥘 수도 있을 터였다.

'그나저나 오늘 북궁 소저가 확실히 평소와 달라 보이는군.'

검을 집어넣고, 냉랭한 얼굴로 무대를 내려온 북궁소를 향해 정범이 다가갔다.

"수고하셨습니다."

"고마워요."

정범에게 짧게 답한 북궁소가 스쳐 지나간다.

"북궁 소저?"

한눈에 보일 정도로, 평소보다 훨씬 냉정해 보이는 그녀를 향해 정범이 의아한 음성을 흘렸다.

"조금 피곤하네요. 먼저 들어가 볼게요."

"알겠……습니다."

한눈에 알아볼 수 있을 정도로 다르다.

분명 무언가 심경의 변화가 있거늘, 함부로 물어보기에도 좋은 자리가 아니다.

결국 멀어지는 북궁소를 그냥 떠나보낸 정범은 대회장을 향해 다시 시선을 돌렸다.

'일단 지금은 다른 생각을 할 때가 아니야.'

이제 조금 있으면 자신의 차례.

조금씩 해답을 찾아가고 있다지만, 아직은 엉성하기 그
지없는 자신의 무공을 떠올린 정범이 눈을 감고 명상에 빠
져들었다.

*　　　*　　　*

십자검 효봉.

중원에서는 아는 사람이 적지만, 외곽인 유주로 향하면
그 이름은 드높다. 딱히 정식으로 무공을 배우지 않았음에
도 불구하고, 수많은 절정고수를 꺾은 그는 드넓은 천하구
주에서도 찾아보기 힘든 특이한 경우였다.

한때 북방을 누비던 장수였던 그의 검을 일컬어 누군가
는 전검(戰劍)이라고도 하였다.

오로지 전장에서 싸우기 위해 만들어진 검.

딱히 정해진 형태는 없지만 그 무엇보다 치열하고, 강렬
하다.

카가가강—!

칼과 칼이 부딪치며 울음과 함께 불꽃을 토한다.

규칙도, 정해진 행로도 없이 마구잡이로 몰아치는 효봉
의 검을 아슬아슬하게 방어하는 정범의 이마 위로 식은땀

이 빗물처럼 흘러내렸다. 조금만 실수해도 패배한다. 규칙은 없지만 빈틈이 보이면 무섭게 파고드는 효봉의 검은 정범이 고민했던 문제의 또 다른 해답을 몸소 보여주고 있었다.

'계속 방어만 해서는 버겁다.'

폭풍처럼 몰아치는 공격에 방어만 해서는 기회가 오지 않을 것이 분명했다. 하지만 공격으로 돌아서기가 쉬운 것은 아니었다. 효봉의 무공도 무공이지만, 무엇보다 처음 상대해 보는 그의 기병(奇兵)이 문제였다.

일직선으로 쭉 뻗은 곧은 모양새가 아닌, 별호 그대로 십자(十字) 모양을 취한 그의 검은 옆에서 툭 튀어나온 날로 상상하지 못한 곳에서 위협을 가해 온다. 북궁소와 함께 다양한 무기술에 대한 경험을 쌓았다 생각한 정범으로서도 처음 겪어 보는 방식이었다.

'검극(劍極)에 창(槍)을 달아놓은 것만 같은 모양새야.'

덕분에 효봉의 검술은 검 특유의 장점을 살린 찌르기 공격보다는 도와 같은 베기 공격이 주를 이루는 특이한 형태를 이루고 있었다.

'그렇다고는 해도 찔리면 중상은 확실해.'

앞으로 튀어나온 검극이나, 양옆으로 새로이 돌출된 검날 모두 길이가 짧지만은 않다. 마음먹고 찌른다면 상대의 심장을 파내는 것쯤은 어렵지도 않을 터였다.

무엇보다 대부분의 기병이 그렇듯 공격이 변칙적이라는 사실이 가장 큰 문제였다.

'북궁 소저와의 대련 경험이 아니었다면, 반응조차 못 하고 당할 뻔했어.'

다행히도 정범에게 있어서 변칙적인 무기 공격이란 제법 익숙한 편에 속했다. 처음에는 복잡하고 독특한 십자검의 공격에 당황했지만, 시간이 지날수록 그조차도 적응이 되어 갔다.

'결국 검이야.'

꽤나 특이한 형태를 취하지만, 기본적으로 휘두르든 찌르든 결국 검이다.

다절곤과 같이 방향이 휘면서 들어오는 것도 아니기에 그 움직임을 충분히 읽을 수 있다. 무엇보다 상대는 북궁소에 비하자면 한참이나 아래의 실력자였다. 철저히 방어와 회피에만 집중하는 정범의 눈에 효봉의 조급함이 들어왔다. 그의 눈에도 정범이 조금씩 십자검에 적응해 가는 모습이 보인 탓이다.

'곧 큰 게 오겠군.'

생각이 끝나기 무섭게, 다급해진 효봉이 십자검을 크게 휘둘러 기회를 만들려 하였다. 큰 동작은 분명 분위기를 반

전시키는 실마리가 될 수밖에 없다. 본인에게도, 적에게도 말이다. 정범의 입장에서야 기회를 놓칠 이유가 없었다.

타닷—!

십자검이 뒤로 젖혀진 사이, 망설임 없이 앞으로 뛰어든 정범의 검이 효봉의 목젖을 노리고 날아들었다. 놀란 눈의 효봉이 자세를 무너트리며 바닥으로 엎어졌다.

실수나 발이 꼬인 게 아닌, 의도적인 행동이다.

그를 증명하듯 엎어진 효봉이 다리를 뻗어 정범의 발목을 후려쳤다.

빡—!

생각지 못한 기재에 일격을 허용한 정범이 신음을 흘렸다.

"큭—!"

휘청이는 정범의 신형을 본 효봉 역시 기회를 놓칠 이유가 없었다. 들고 있던 십자검을 지팡이 삼아 벌떡 일어난 그가 다시금 공격을 가하기 시작했다. 순간적인 조급함으로 기회를 잃었지만, 위기의 순간을 역으로 이용해 다시 큰 틈을 만든다. 등 뒤를 완전히 노출한 정범으로서 할 수 있는 일이라고는 바닥을 구르는 것뿐이었다.

서걱—!

등 뒤로 차갑고도, 화끈한 감각이 올라왔지만 얕다.

아슬아슬하게 공격을 피했다고 생각한 정범 역시 빠르게 자세를 잡기 위해 몸을 일으켰다.

물론 효봉이 그를 두고만 보고 있을 리는 없었다.

곧장 뛰어와, 정범의 머리를 향해 검을 휘두르는 그의 두 눈에는 살기가 흘러 넘쳤다.

의도적이라기보다는, 저도 모르게 풍겨져 나오는 위압적인 기세다.

일반인이나, 담력이 약한 이라면 북방을 뛰어다니던 장수의 위용에 기가 질렸을지도 모른다. 하지만 마노의 살기와도 맞서 왔던 정범에게 있어서는 큰 의미가 없는 행동이기도 했다.

캉―!

검을 들어, 내리쳐지는 효봉의 십자검을 막아선 정범의 팔 근육에 힘줄이 섰다.

'나도 방심했어.'

상대방이 북궁소보다는 아래의 실력자라 생각하여 기회만 있다면 쉽게 이길 수 있으리라 생각했다. 마음을 놓은 덕에 반격을 당했고, 패배의 직전까지 왔다. 힘겹게 십자검을 막아섰지만 정범에게는 여전히 패색(敗色)이 짙게 드리운 채였다.

카가각―!

정범의 검과, 십자검이 부딪치며 서로 이를 간다.

"그만 포기하시지그래?"

효봉이 입가에 웃음을 지은 채 물었다.

"……."

반면 정범은 아무런 답을 할 수가 없었다.

어찌 됐든 힘을 주어 내리 찍는 입장과, 그를 견디는 입장은 엄연히 다르다. 기본적으로 체격에 있어서도 북방에서 말을 타던 효봉이 더 앞섰다. 그나마 정범이 버틸 수 있던 것은 그간 꾸준히 해 온 체력 단련과, 효봉에 비해 앞서는 내력 덕이 컸다. 둘 중 어느 하나라도 부족했다면 십자검이 이마에 닿기 직전이 되어서 항복을 선언했어야만 할 터였다.

'딱히 무림대회에 미련은 없다지만……'

기왕이면 할 수 있는 데까지 최선을 다하고 싶다.

효봉도 안간힘을 썼지만, 정범도 안간힘을 쓰며 버틴다.

서로 악과 독으로 무장한 그 대립 속에서 정범의 뇌리로 문득 번개가 내리쳤다.

'그렇구나!'

이 싸움에는 형식도, 초식도 없다.

정범도 의도적으로 그리 행동했지만, 효봉 역시 마찬가지였다. 이상하게도 대련이 시작된 이후, 정범은 이러한 상황이 어색하다고 생각하지 않았다. 오히려 익숙한 편이었다.

무공이라기보다는 싸움. 전투도 아닌 개싸움!

정범은 이미 이러한 싸움을 여럿 겪어 보았다.

'마노!'

마노와 싸울 때 정범에게 초식이 어디 있었던가?

기운의 흐름을 읽을 틈조차 제대로 주어지지 않았다.

제공?

마찬가지로 여유롭게 스스로의 공간을 남길 시간이 없었다. 그저 치열하게 개싸움을 한 판 벌였을 뿐이다. 모순적이게도, 그럴 때에 정범은 가장 강했다.

'본성(本性)이란 거지…….'

웃음을 흘린 정범이 안간힘으로 버티는 자세 그대로 무릎을 굽혔다.

이후 온 힘을 다해 발길질을 가한다.

"이, 이놈이!"

갑작스럽게 가해진 허벅지의 통증에 효봉의 얼굴이 붉어졌다. 물론 그렇다고 해서 정범이 여유를 부릴 이유는 없었다. 차고, 차고, 또 찬다.

퍽―! 퍽―! 퍽―!

효봉 역시 지지 않겠다는 듯 앞발을 들어 올려 정범의 배를 밟았다.

"컥—!"

갑작스럽게 숨이 막힌 정범이 신음을 흘렸다.

하나 그렇다고 하여 발길질을 멈추지는 않았다.

힘을 준 팔에도 조금도 여유를 남기지 않았다.

오히려 더 거세고, 거칠게 걷어차며 두 눈에 독기를 줄줄이 피어 올렸다. 그 두 눈을 마주한 효봉이 저도 모르게 몸을 떨었다.

'뭐, 뭐 이런 놈이……!'

거친 놈들만 모인다는 북방의 전장에서도 이런 눈빛을 한 이들은 없었다. 그저 바라만 보고 있는 것만으로 등 뒤로 땀이 줄줄 흘렀다. 결국 효봉은 귀기(鬼氣)가 줄줄 흐르는 듯한 그 눈빛을 견디지 못하고 시선을 회피했다. 기세싸움에 밀린 것이다.

"억—!"

동시에 정범의 발길질을 견디지 못하고 자세마저 무너지고 말았다.

벌떡—!

자리에서 일어난 정범이 단숨에 효봉의 턱 끝을 발로 차올렸다.

"꺼억—!"

뒤를 이어 무릎이 얼굴을 내리찍는다.

정신을 차렸을 때에는 목 바로 옆에 정범의 검이 닿아 있는 채였다. 구타나 다름없는 연계 공격 속에, 완전히 무너져버린 효봉의 몸이 떨렸다.

"헉…… 헉……!"

그런 효봉의 몸에 올라타, 양손으로 검병을 움켜쥔 정범이 거친 숨을 토한다. 두 눈에는 여전히 독기를 가득 품은 귀기가 철철 흘러넘치고 있는 채였다. 그 시선을 마주하지 못한 효봉의 선택은 단 하나뿐이었다.

"내, 내가 졌소."

"십삼 번, 정범 승!"

"우우우—!"

심판관의 선언이 이어지고, 객석에서는 야유가 터져 나왔다. 무림 고수의 대결이라기보다는, 뒷골목 시정잡배들의 주먹다짐 같은 내용을 보았으니, 무림대회라는 이름을 보러 온 사람들의 입장에서야 화가 날 수밖에 없는 일이었다.

항복 선언을 듣자마자, 두 눈에서 힘을 풀며 힘겹게 일어선 정범에게는 그런 야유조차 귀에 들어오지 않았다. 그저 기쁜 마음과, 성취감에 빠져 전율에 휩싸일 뿐이었다.

'이거야, 이거였어. 어색해할 필요가 없었던 거야!'

검만 바라보자 하였다.

그랬으면 검과 하나인 자신 역시 검이 될 수 있음을 왜 생각하지 못했을까?

잘 단련된 자신의 육체를 바라보며 흐뭇한 웃음을 지은 정범이 대회장에서 내려왔다.

어찌 됐든, 본선 일차전 통과였다.

* * *

혈독수 덕분에 날카롭게 선 감각.

또한 검만 생각하자는 집중도.

전검 효봉과의 대련까지.

그 모든 것이 합쳐져 정범은 하나의 답을 완벽하게 찾아낼 수 있었다.

'검이 곧 나다.'

신검합일.

반대로 말하자면 검신합일이다.

'나한테 검이 있었어.'

두 눈을 감고, 명상에 빠진 정범의 눈앞에 반은 흑색으로, 반은 백색으로 물든 검이 둥실둥실 떠다녔다. 그것은 실존하는 검이 아니다. 뽑을 수도 없으며, 휘두를 수도 없다. 허나 분명 마음 한가운데에 서 있다. 몸이 아니더라도, 마음속에도 검이 있는 것이었다.

'심검(心劍).'

정범의 부름에 답하듯, 마음의 검이 울음을 토한다.

영 노야가 선물이라며 해공비검을 보여준 이유도 이제야 알 것만 같았다.

'해공비검은 심검을 외부로까지 끌어낸 것이었어!'

새삼스레, 영 노야의 무공이 어찌나 뛰어난지 느끼고 만다. 지금 정범은 그저 심검을 바라보고 있을 뿐이다. 손에 쥘 수도 없고, 만질 수조차 없으니 바깥세상으로 꺼낸다는 것은 상상도 못 할 일이다. 그렇다고 하여도 심검이 아무런 의미가 없는 것은 아니었다. 마음속에 검이 한 자루 섰으니, 검의 뜻을 알 수가 있다. 흐름이 보이지 않고, 주변의 공간조차 느낄 수 없지만 그 울음소리만큼은 명확히 들린다.

침상에 앉은 채 명상에 빠져 있던 정범이 눈을 떴다.

시선은 바로 옆, 침상에 걸쳐 있는 자신의 검을 향한다.

우우웅―!

검이 떨림을 토한다.

정범의 입가로는 미소가 번진다.

이제는 그의 마음과 검이 연결된 선이 명확히 보인다.

손을 들어 올리자, 떨림을 토한 검이 허공으로 스르륵 떠올랐다.

근처로 다가오라는 손짓을 하니 허공을 반 바퀴 선회한 검이 울음을 토한 후 정범에게로 다가온다.

"하……!"

정범의 입가로 밝은 웃음이 떠올랐다.

일전, 북궁소를 구하고자 할 때 검이 날아갔던 것은 우연이 아니다. 말 그대로 '구하고 싶다.'라는 마음의 검이 반응하여 일어난 일이었던 것이다.

"진정한 의미의 신검합일인가."

몸과 검.

그를 벗어나 마음과 검이 하나가 되었다.

이제야 완전히, 영 노야가 모든 걸 버리게 했던 이유를 깨달았다.

'오로지 검과 나. 둘만이 존재해야 심검을 깨달을 수 있다.'

그 과정을 방해하는 초식 또한 무의미하다.

때문에 초식을 없애라고 한 것이다.

굳이 검에 다른 의미를 두려 한다면 검을 잃을 수밖에 없다.

'그건 앞으로도 다르지 않겠지.'

효봉의 전검을 보고, 익숙한 자신의 모습을 떠올렸기에 생각보다 심검을 쉽게 인지할 수 있었다. 결국 정범이 찾지 못했던 길은 몸과 마음, 검의 경계를 없애야만 볼 수 있었던 셈이다.

'앞으로도 초식은 잊어야 한다.'

완전한 무초식.

처음에는 어렵기만 해 보였지만, 지금의 정범에게는 큰 난제가 아니었다.

"길은 네가 알려줄 것 아니냐?"

정범이 묻자, 짧은 공명을 토한 검이 몸을 떨었다.

완전히 새로운 영역으로 발돋움하는 정범이었다.

* * *

혈독수는 말 그대로 눈이 튀어나오다 못해 빠질 뻔한 경험을 했다.

"저…… 저……!"

너무 놀라, 살수의 본분조차 잊은 채 목소리를 흘리며 당황을 표했다.

'이, 이기어검!'

강기를 다루는 초절정의 고수는 무섭다.

작금 무림에서 영향력을 행사하는 명사들의 대부분은 이 경지에 속한다. 살수로서 제일을 자청하는 혈독수지만, 그들과 정면승부에서 이길 자신은 없다. 물론 암살을 한다면 초절정의 고수조차도 손쉽게 죽일 수 있는 방법이 여럿 있었다.

이기어검은 그러한 초절정의 벽조차 월등히 넘어선 전설의 신기다.

현세에는 실현하는 것을 본 적조차 없다는, 그 전설 속의 달마나 펼쳤다는 무시무시한 검공인 것이다.

'저, 저, 허접한 놈이 대체 어떻게!'

머릿속에 수많은 생각이 오갔다.

'사술? 사술인가?'

아니면 단순한 눈속임?

그것도 아니라면 유령의 장난?

모두 말이 되지 않았다.

정범의 옆에서 누구보다 확실히 그 상황을 지켜봤던 혈독수였기에 알 수 있었다. 눈앞에서 펼쳐지고 있는 이기어검은 눈속임이나 장난질 따위가 아니다. 진짜다. 대체 어떤 원리로 발동되고 있는지는 모르지만, 부정할 수 없는 전설의 신기가 맞는 것이다.

'안 그래도 점점 힘들어지고 있는 마당에……'

영 노야가 제재를 가해 놓았던 내력이, 어째서인지 시간이 지날수록 조금씩 회복되고 있었다. 덕분에 혈독수는 자신감이 더욱 생겼었다. 조금만 더 내력이 돌아오면 뒤에서 목을 그어버리고 도주하는 것도 어렵지 않다 생각했기 때문이다. 한데 그 생각이 고작 며칠 만에 바뀌었다.

정범은 하루가 다르게 성장한다.

분명 여전히 어설프기 그지없어 보이는 동작들을 하는데, 어째서인지 날이 갈수록 빈틈이 없어진다. 때로는 정범이 이미 자신의 위치를 알고 있는 것이 아닐까 싶을 때도 많을 정도였다.

자신의 내력이 돌아오는 만큼 아니, 그보다 더 빨리 정범이 강해지고 있다.

때문에 마음 속 조급함만 늘고 있었던 상황인데 눈앞에서 이기어검까지 목격해 버렸다.

'경기 이후에 지쳤을 때 죽여버리면 될 거라 생각했는데……'

눈앞에서 저런 말도 안 되는 걸 보니 분노와 함께 뒤섞여 들끓던 살의마저 고개를 슬그머니 감추어 버린다. 아무리 분하더라도 할 수 없는 일이 있는 법이다. 정범은 조금씩 더 멀리, 그가 암살할 수 있는 경지에서 벗어나고 있었다.

'이 상태로는 십 할의 확률로 실패다.'

분노도, 오기도 사라졌다.

　살수의 중요한 덕목 중 하나가 바로 물러날 때를 아는 것
이다.

　혈독수는 지금이 바로 그때라고 생각했다.

　'포기하자.'

　예주제일살수.

　수많은 무림 명사들의 목숨을 앗아간 사신(死神)이 두 눈
을 질끈 감았다.

第六章

백피혈귀(白皮血鬼)

첫째 날, 칠십 명이었던 참가자 중, 남은 서른네 명의 참가자가 이튿날 경기장에 모였다.

각자 대전표를 확인한 참가자들이 가는 눈을 뜨며 자신의 상대를 살폈다. 무림대회에는 이미 알려진 유명인도 많았지만, 일전까지는 실력을 감추었거나 알려지지 않았던 무명(無名)의 무인도 많다.

바로 그런 무명의 무인 중 하나가 정범이었다.

"반갑소. 나는 화평이오. 무림동도들은 흑미도(黑眉刀)라 부르고 있소."

정범의 눈앞으로 다가온 짙은 눈썹의 사내가 웃음을 보

인다.

'흑미도 화평…… 오늘 상대인가.'

아마 화평은 이름 모를 본선 진출자인 정범에 대해 알아보기 위해 말을 걸었으리라. 빠르게 움직이는 눈은 그러한 사실을 분명히 알려주고 있었다.

"정범입니다."

"검을 쓰시는구려?"

"예."

"흠……."

정범의 대답이 짧자, 더 이상 대화를 이어나가기 힘들어진 화평이 턱을 쓰다듬었다.

'일차전 경기를 대부분 못 본 한이 크구나.'

물론 소문은 대충 들었다.

정범.

예선전을 아슬아슬하게 통과했으며, 본선 일차전에서는 십자검 효봉과 추하다고까지 볼 수 있는 개싸움 끝에 승리했다. 때문에 정범의 평가는 상당히 절하되어 있는 상태였다.

'운이 좋아 본선 이차전까지 진출했다고?'

무림대회에 관심을 두고 있는 호사가들은 대부분 정범에 대해 그리 떠든다.

운사(運士). 행운의 사나이.

하지만 그 행운도 여기까지다.

흑미도 화평은 예주에 소문난 초절정의 고수다.

강기까지 다루는 그를, 대부분의 대회에서 아슬아슬하게 올라온 정범이 이길 수 있으리라 생각하는 사람은 누구도 없었다.

'단순히 그런 게 아니야. 고작 행운 따위로…….'

직접 무림대회를 헤쳐 왔기에 알 수 있었다.

행운만 가지고는 본선에 오르지도 못한다.

설령 정말 운이 좋아 올라 왔다고 하더라도, 지금 정범의 여유로운 태도는 말이 되지 않는다. 힘겹게 올라온 사람이라고 보기에는 가벼운 감정이 얼굴에 가득 배어 있었다.

그런 정범의 얼굴에, 문득 묘한 감정이 스쳐 지나갔다.

"화 대협이라고 하셨습니까?"

"그렇소."

궁금하던 정범이 먼저 말을 걸자, 화색이 돈 화평이 빠르게 답했다. 무엇보다 그를 대협이라 높이는 말이 마음에 들었다. 나름대로 풍진강호를 사문 하나 없이 견뎌온 몸인데, 흑미도라는 가벼운 별호는 이제 와서는 영 내키지 않았다.

'이놈의 생김새 때문에 쉽게 떨어지지도 않고.'

무림에서 별호는 쉽게 지어지지도 않지만, 또 한 번 붙으면 잘 떨어지지도 않는다. 특히 흑미도와 같이 유별난 외형적 특징을 가진 무인이라면 더욱 그랬다.

"혹시 오늘 참가자가 왜 서른넷인 줄 알고 계십니까?"

칠십 명의 참가자가 본선에 올라왔다.

그렇다면 이차전에 남아야 될 수는 서른다섯이다.

처음 대진표를 보았을 때는, 한 명이 부전승으로 이름이 빠진 줄로만 알았다. 한데 아무리 주변을 둘러보고 세어 봐도 사람의 수 자체가 서른넷이다. 한 명이 없다는 뜻이다. 한데 그 누구도 이상하게 여기지 않고 있다. 정범은 그 점이 너무나 의아했다.

"설마 모르는 게요?"

그런 정범의 반응에 화평이 오히려 놀란 목소리를 흘렸다.

물론 어제 경기 승리 이후 방 안에만 박혀 심검에 대해 몰두하고 있던 정범으로서는 더욱 의아할 수밖에 없는 상황이었다.

"하…… 정말 아무것도 모르는가 보구려."

정범의 표정에서, 순수한 의문을 느낀 화평이 헛웃음을 지었다.

"어제 경기에서 참가자 중 한 명이 죽었소."

"또……."

놀란 표정의 정범이 고개를 주억였다.

예선전 중 한 명이 죽었다고 하였으니, 이로써 두 번째 사망자인 셈이다. 새삼스레 날붙이를 들고 싸우는 무림대회의 살벌함이 느껴질 정도였다.

'이게 무림의 대회…….'

황궁에서 펼치는 무과 과거시험과는 차원이 다르다.

대회라는 구성을 하고 있지만, 목숨을 걸고 펼치는 진짜 실전과 같은 장소인 것이다.

"기이한 일이지만…… 첫 번째와 두 번째가 같소."

"무슨 말입니까?"

"상대를 죽인 자 말이오."

선심 쓰듯 정범을 향해 정보를 흘려준 화평이 턱짓으로 어딘가를 가리켰다.

새하얀 피부에, 여린 체격은 마치 여자를 떠올리게 할 만큼 곱다. 눈매는 높게 솟았으며 길다. 검을 대신하여 허리춤에 차고 있는 것은 두 자루의 겸(鎌)이었다.

'저자가…….'

겉으로 보아서는 딱히 살인을 즐길 것 같은 느낌은 아니었다. 오히려 싸움과는 어울려 보이지 않기도 했다. 하나 그는 이미 두 명이나 되는 참가자를 죽인 인물이다.

"호철이라고 하더구려. 처음 듣는 이름인데……, 어울리지 않게 곱상하게 생겼지 않소?"

"그렇군요."

정범도 무인치고는 제법 곱게 생긴 편이었지만, 호철과는 비견할 수가 없었다.

군이 대자면 초우 정도나 간신히 그 옆에 서야 간신히 부족하지 않을 것 같은 기분이었다.

"논란은 많지만 제법 강한 게 분명하오. 실력만 보자면 이 중 다섯 손가락 안에 꼽을 게요. 제일 재미있는 사실은…… 아직 놈이 제 무기를 한 번도 뽑지 않았다는 게지."

"하면 여태껏 죽은 자들은?"

"맨손으로 때려잡았소."

저 여린 모습으로, 맨손으로 사람을 때려 죽였다.

새삼스레 호철의 모습이 다르게 보일 정도였다.

"자, 잡담은 이쯤하고. 올라가야 할 것 같소. 우리 차례구려."

"아?"

대화를 나누는 사이 첫 번째 경기가 끝나고, 두 번째 경기로 지목된 정범과 화평의 차례가 왔다.

"잘 부탁하겠소."

"저도 잘 부탁드리겠습니다."

두 사람이 함께 경기장 위로 올라섰다.

*　　*　　*

대화를 나누는 동안 화평은 정범에 대해 더욱 많은 의문
이 생겼다.

'진짜 행운으로 여기까지 올라온 건가?'

숨겨둔 한 수가 있다면, 말투, 행동, 스스로도 인지 못
하는 습관 등에서 어느 정도 표가 나기 마련이다. 한데 정
범에게는 그러한 것이 모두 없었다.

겉으로만 보자면 잘해야 이류와 일류 사이라는 판단밖에
서지 않았다. 어떻게 해도, 정범에게 질 것이라는 생각이
들지 않을 정도였다.

'방심은 하지 말자.'

경기장 위로 올라서, 미소를 지은 채 정범을 마주한 화
평이 도를 뽑아들었다.

"사정 봐줄 생각은 없소."

대화를 나누는 동안, 유(柔)해 보이는 정범의 성정이 제
법 마음에 든 화평이 부드럽게 말했다. 예측대로 실력 차
이가 상당하다면, 이기긴 하겠지만 굳이 상처를 줄 필요는

없다. 그저 수준 차이를 알게 해 주는 정도로 충분하리라.

"저도 최선을 다하겠습니다."

마주 서, 살짝 고개를 숙여 보인 정범이 검을 뽑는다.

"음……?"

검과 도.

서로의 병장기를 뽑은 채 마주한 이후 화평은 의아함을 느꼈다.

'분위기가 묘하게 바뀌었군.'

주변을 둘러싼 기운은 여전히 부드럽기 그지없는데, 눈빛이 날카롭다. 두 눈만 보자면 도저히 같은 사람이라고 보기 힘들 정도였다.

'뭐, 무기를 들면 성정이 바뀌는 사람들이야 흔하니.'

흑미도는 크게 개의치 않기로 했다.

무기를 들고, 감정을 주체하지 못하는 이들은 대부분이 하수(下手)다. 눈앞의 정범이 그러한 상대라면 더 이상 경계를 할 것도 없었다.

'선공으로 빠르게 끝낸다.'

팟—!

지면을 박찬 화평의 신형이 순식간에 정범의 바로 앞까지 도달한다. 번쩍이며 휘둘러지는 도는 벼락과 같다.

눈으로는 도저히 좇지 못할 그 속도에 관중들은 탄성을

토했다.

놀라운 것은 정범의 검이 그 벼락같은 도를 막아섰다는 사실이었다.

캉—!

검과 도.

날붙이끼리 부딪치며 불꽃이 허공으로 튀어 오른다.

'본래부터 어깨 위에서 멈출 생각이었다지만…….'

절정쯤 되는 무인이 아니면 반응조차 못 할 속도로 베었다.

'역시 숨겨둔 한 수가 있구나!'

가슴 한편에서 고개를 들어 올리는 섬뜩함에 재빨리 거리를 벌린 화평이 정범을 바라본다. 날카롭지만, 차분하게 가라앉은 시선이 문득 무섭게 느껴졌다.

'어쩌면…… 질지도 모르겠군.'

말도 안 되는 생각이다.

그저 우연에 불과한 방어일 확률이 높았다.

한데 어째서 뇌리에 그런 생각이 떠오르는지는 또 모를 일이다.

"바로 전력으로 가겠소."

화평은 더 이상 정범을 상대로 여유를 부리지 않기로 했다. 상대를 알 수 없다면, 최선을 다해 몰아쳐 잡는다.

우우웅―!

초절정의 고수를 상징하는 우웃빛 강기가 화평의 도에서 힘차게 솟아났다.

"와아아―!"

"강기다!"

태어나서 처음 강기라는 것을 본 관객들이 환호성 혹은 비명을 토했다. 자세히 알지는 못하지만, 호사가들이 말하는 무적의 힘에 대해서는 잘 안다. 강기는 무엇이든 벨 수 있으며, 그 무엇으로도 막을 수 없다.

그야말로 최강의 창!

강기 앞에서 모순(矛盾)이란 존재치 않았다.

"어, 어…… 저거?"

그런 와중에, 관객석 대부분을 일으켜 세울 정도로 놀라운 일이 벌어졌다.

허접하기만 한 검술과, 개싸움을 뽐내던 정범의 검에서 솟아난 순백 강기를 목격한 이후였다.

"같은 강기 아니야?"

"말도 안 돼!"

"운사가 강기라니!"

무사라기보다는 운사.

행운이 없었다면 이 자리에 존재할 수 없던 무인의 검에서 초절정의 상징인 강기가 나타났다. 아무리 운이 좋아도 흑미도는 이길 수 없다. 강기는 같은 강기가 아니면 상대할 수 없기에 나온 말이었다. 한데 모두가 생각했던 근원이 보기 좋게 깨어졌다.

"역시 숨겨둔 수가 있었군."

강기를 목격한 화평도 헛웃음을 지었다.

잘해야 한 수 숨겼거니 했는데, 알고 보니 엄청난 게 감춰져 있었다.

같은 강기를 다루는 초절정 고수라면, 잠깐이나마 패배를 떠올린 것도 이상한 일은 아니었다.

"딱히 숨긴 것은 아니었습니다."

정범이 머쓱한 웃음을 보였다.

내력은 봉인되지 않은 상태였으나, 강기는 언제라도 쓸 수 있었다. 그럼에도 불구하고 숨기기보다는 참았다. 무초식에 완전히 적응을 하기 위해서는 어느 정도 상대와 비등한 싸움을 해야 할 필요성이 있기에 스스로 봉인(封印)한 것뿐이었다.

"이겨도 부끄럽지는 않겠어. 이번에는 진짜 전력(全力)이오!"

화평은 정범을 향해 웃음을 보이고는 앞으로 뛰어나갔다. 벼락처럼 휘둘러지는 도에서는 이전과는 비교도 할 수 없는 힘이 느껴졌다.

캉—!

공격을 막아선 정범의 표정이 살짝 일그러졌다.

"확실히 무겁군요."

"이제부터는 더 무거워질게요."

화평의 도가 무섭도록 거칠게 휘둘러진다.

정범은 끊임없이 그러한 화평의 도를 막아선다.

불꽃 대신 기의 파편이 사방으로 튀었다.

강기와 강기.

전혀 다른 양상을 띤 창과 방패의 싸움은 관객들의 주먹에 식은땀을 쥐게 했다.

반 시진.

결코 짧지 않은 시간 동안 이어진 공방은 보는 사람을 질리게 하지 않을 정도로 치열하기까지 했다.

그 끝에 결국 먼저 손을 놓은 사람은 화평이었다.

"헉…… 헉…… ."

긴 시간을 쉬지도 않고 전력을 쏟아 부은 화평이 거친 숨을 토하며 도를 내린다. 화려하게 빛나던 강기는 흔적조차 없이 사라졌다. 내력과 체력, 양측 모두 다했다. 반면 정범의 검에서는 아직도 힘찬 강기가 흘러나오고 있는 중이었다.

그를 본 화평이 웃음을 지으며 제자리에서 벌러덩 드러누웠다.

"이길 수가 없군. 항복이오!"

흑미도 화평.

강력한 우승 후보 중 하나였던 그가 본선 이차전 만에 탈락의 고배를 마셨다.

＊　　＊　　＊

화평과의 대전을 통해, 정범은 자신의 강기가 한층 더 탄탄해졌다는 사실을 알았다.

'순수하게 힘으로만 부딪쳤다면, 먼저 무릎을 꿇은 건 나였을 거야.'

효봉과의 싸움 끝에 찾아왔던 깨달음.

그 속에서 알아낸 검의 마음이 내내 정범을 도왔다.

강기를 더욱 탄탄하고, 강인하게 감싸주며 모자란 힘을 보충해준 것이다.

"순호검(盾護劍)!"

"순호검!"

경기장을 내려서는 정범을 향해, 관중들의 환성과 함께 처음 듣는 별호가 쏟아졌다.

"아무래도 자네를 말하는 것 같군."

지친 표정으로 옆에서 내려오던 화평이 헛웃음을 지으며 말한다.

"저 말입니까?"

"나랑 싸우는 내내 방어만 했지? 그게 굉장히 인상적이었나 봐."

흑미도의 도는 강공(强攻)이다.

그 모든 것을 얇은 검 한 자루로 받아냈으니 순호검이라는 별호가 생겨도 이상한 점은 없었다.

"순호검이라……."

오래 전, 소군과의 싸움 끝에 불렸던 선유검 외의 또 다른 별호다.

그중 선유검은 누구에게도 알려지지 않았지만, 순호검은 수많은 사람이 안다.

"앞으로의 경기에서도 지금처럼 방어만 한다면, 저 별호가 앞으로 평생 자네를 지칭할 말이 될 걸세."

외부에서 본 사람들은 정범이 방어에 급급해 공격에 나서지 못한 것처럼 보일지 모르지만, 싸운 화평은 알고 있었다.

'충분히 반격할 기회가 많았어.'

하지만 정범은 끝까지 방어에 충실했다.

이유는 간단했다.

상대가 화평이 아니었기 때문이다.

정범은 방어 도중 무언가를 실험하는 듯 보였다.

또는 깨달음을 얻고 있는 것 같기도 했다.

아니, 애초부터 검만을 바라보고 있었다는 것이 옳았다.

'자존심 상하는군.'

화가 나는 일이지만, 그 정도로 자신과 정범의 차이가 컸다는 사실을 인지한 화평이 손을 휘휘 저으며 무림대회장을 벗어났다. 탈락했으니 더 이상 대회에는 미련이 없다. 그에게 남은 것은 수련뿐이었다.

*   *   *

화평은 경기장을 떠났지만, 정범은 남았다.

본래 자신의 경기가 끝나면 바로 객점으로 돌아가던 정범이었지만, 오늘은 그의 발목을 잡는 사실이 두 가지나 존재했다.

북궁소와 호철.

전날 제대로 된 대화도 나누지 못한 북궁소는, 객점에도 찾아오지 않았다.

오늘도 본선 대회장에서 마주쳤지만 말을 섞지 않았다.

'분명 무슨 일이 있어.'

이유가 알고 싶다.

해서 북궁소의 경기를 기다렸다.

대회장 한편에 팔짱을 낀 채 날을 세우고 있는 그녀에게서는 당장 다가가 말을 걸기 부담스러운 느낌이 풍겨져 나오고 있었다.

정범은 여유를 가지고 대회를 관람했다.

스스로 정보가 너무 부족하다는 사실도 인지하고 있는만큼, 모든 경기를 주의 깊게 볼 심사도 있었다.

'기왕 여기까지 온 것, 갈 수 있는 데까지 가봐야겠지.'

무림대회에는 관심이 없던 정범의 마음에도 호승심이 생겼다. 그가 지켜보는 대회에는 초우와 소용군 두 사람도 존재했다.

'두 사람 다 강하구나.'

정범과 다르게, 이각 이내에 경기를 모두 끝낸 두 사람이 승리를 만끽하며 경기장에서 내려왔다. 화평과 마찬가지로 그들 역시 강력한 우승 후보 중 하나였다. 아니, 본선 이차전마저 돌파한 사람들은 모두가 우승 후보로 하여도 과언이 아니었다.

"정 형! 오늘은 안 가고 계셨구려."

신이 난 표정의 초우가 양팔을 휘저으며 정범에게 다가

왔다.

"어라, 소 형도 아직 안 가셨습니까?"

평소였다면 정범처럼 대회가 끝나자마자 수련하러 갔을 소용군도 오늘은 남았다.

"조금 볼 사람이 있어서."

놀란 초우의 물음에, 정범이 답했다.

"……같은 생각."

소용군 역시 짧게 답하며, 시선을 옮긴다.

호철.

현재로서는 무림대회에서 유일하게 사상자 둘을 낸 그에게 모두의 관심이 쏠린 상태였다. 소용군도 소문은 듣고 있는 만큼 그가 궁금했다.

하필이라 볼 수 있는 점은, 호철의 경기가 가장 마지막이라는 사실이었다.

"아, 두 형님들도 저 사람의 경기가 궁금하긴 한가 봅니다. 보자 상대가 흑아소동(黑牙少童)이라……."

"아는 자입니까?"

무림의 인물들을 잘 모르는 정범의 물음에, 미소를 보인 초우가 고개를 주억였다.

"양손에 검은 날이 달린 조(爪)를 사용하는 사도 고수입니다. 아이처럼 작은 체구와 어려 보이는 외모에 속아 많은 사람이 목숨을 잃었죠."

"강한 자요?"

특징 따위는 관심이 없다.

소용군의 물음에 초우는 망설임 없이 고개를 주억였다.

"매우 강합니다. 저로서도 승패를 쉽게 장담할 수 없을 정도지요."

초우의 말에 소용군과 정범, 두 사람 모두 놀랐다.

지금 초우의 실력은 겉으로 보이는 것보다, 숨겨진 바가 더 많았다. 굳이 다 보여줄 필요가 없다고 할까? 정범과 다르게 그는 의식적으로 자신의 실력을 숨기고 있었다.

아마 모두 드러낸다면 그도 초절정 고수의 상징인 강기를 보일 확률이 높았다.

소군에게 패배한 이후, 절치부심하며 짧은 시간 동안 많은 성장을 거둔 것이었다.

"어어? 시작하려나 본데?!"

"나타났어, 나타났다고!"

소용군이 감탄하며 더욱 짙은 호기심을 비치려는 순간이었다. 관중들이 술렁이며 목소리를 높인다. 정범과 초우, 소용군이 눈을 빛내며 고개를 돌렸다. 드디어 무림대회에서 가장 큰 화제인 호철의 경기였다.

먼저 흑아소동이 등장한다. 초우가 말하였던 것처럼 외

모만 보면 지학(志學)도 채 이르지 못한 작은 체구의 아이였다. 양손에 끼고 있는 검은 날의 조(爪)가 아니었다면 시장에 돌아다니는 아이들 중 하나라고 하여도 이상하지 않았다.

다음으로는 호철이다. 정말로 곱고 하얀 피부에, 길고 높게 솟은 눈매는 여자를 떠올리게 만든다. 그러나, 눈에 서린 서늘한 기운은 호철을 약하지 않다고 생각하게 하였다.

"저분께선……."

흑아소동에 이어 호철을 바라본 정범의 미간이 작게 찌푸려졌다. 무언가 꺼림칙하다. 작금 정범은 자연의 흐름을 보고 느낄 수 없다. 덕분에 정확하게 무엇이 꺼림칙한 것인지 알지 못하여 조금 답답했다.

"정 형, 무슨 일이시오?"

초우가 의아한 눈으로 정범을 바라본다. 그러는 사이 흑아소동과 호철의 경기가 시작되었다.

"아무것도 아닙니다, 초 아우."

어색하게 웃어 보인 정범이 고개를 흔들곤 경기장을 바라보았다. 마음 한편에서 형용하기 어려운 감정이 꿈틀거렸다. 내심 기우라고 생각했다.

"어, 어어?!"

"흑아소동이 밀어붙이고 있어!"

"저 호철이라 하는 자도 역시 흑아소동에게는 어쩔 수 없단 말인가?"

관중들이 크게 술렁였다.

큰 화제를 불러 일으켰던 호철이었던 만큼 관객은 자연스레 그에게 시선을 집중시켰다.

흑아소동의 조(爪)가 호철의 전신을 할퀴어대려고 휘둘러졌다. 기세만 보면 당장이고 호철에게 핏줄기가 새겨졌어야 함이 옳았다. 허나, 다급함에 물들어 있는 호철의 얼굴과는 달리 그의 몸은 작은 생채기 하나 없이 피하고 있었다.

파밧.

호철은 두 주먹을 휘둘렀다. 다섯 번이 넘도록 피하기만 급급하던 와중 처음으로 반격에 나선 것이다. 그러나 흑아소동은 발등으로 호철의 주먹 하나를 차올리며, 그의 몸을 흔들리게 만들었다. 자연스레 남은 주먹이 흑아소동을 노리던 궤도에서 벗어나 허공을 친 것은 당연한 일이었다.

"그래도 참으로 대단하군."

정범에게서 시선을 떼고 경기장을 바라보고 있던 초우가 나지막하게 중얼거렸다.

호철은 분명 불리한 상황이었다. 마구잡이로 휘두른 것

으로 보인 두 주먹도, 잘 살펴보면 제법 체계가 잡혀 있는 것을 알 수 있었다.

"한데……."

"정 형?"

말끝을 흐리는 정범을 향해, 초우는 다시금 고개를 돌렸다.

"……과연 겸(鎌)이 장식에 불과할까요?"

"그러고 보니 이상하군요. 권법을 보건대, 단순히 장식이라면 차라리 버리는 것이 낳을 터."

초우는 턱을 쓰다듬었다.

여태껏 단 한 번도 겸을 빼어든 적이 없던 호철이었기에, 허리춤에 매달려 있는 겸은 기실 장식에 불과할지도 모른다는 말도 나돌았다. 하지만 권(拳)을 무기로 사용하는 권법가들은, 몸의 균형 때문에라도 필수 불가결한 물건이 아니라면 몸에 지니는 행위 자체를 허용하지 않는다.

"우선은 두고 봐야 하지 않겠습니까."

"그렇겠지요?"

소용군이 말없이 고개를 주억이는 것으로 대답을 대신하였다.

짧은 대화가 오가는 사이 호철과 흑아소동의 경기는 점점 더 빠르게 흘러가고 있었다. 호철은 권법만을 알고 있다는 듯 기회가 생기면 두 주먹을 휘두르며 흑아소동에게 반격을 가한다. 당연히 흑아소동은 호철의 공격을 손쉽게 쳐내며 조를 휘둘렀다. 그러나 힘겹게나마 아무런 상처 없이 호철이 회피에 성공하자, 슬슬 약이 오르기 시작한 모양이었다.

"그만 좀 피하란 말이다!"

웅웅웅ㅡ!

조에 달린 검은 날이 크게 떨며 강기를 뽑아냈다.

"저런!"

그 모습을 본 관중들 중 한 명이 경악하여 소리쳤다. 본선이니만큼 살인이 허용된 작금이라면, 응당 호철은 흑아소동의 강기에 휩쓸려 죽음을 맞이하고 말 것이다. 제아무리 아슬아슬하게 잘 피한다고 하여도, 강기의 폭풍만큼은 결코 피하지 못하리라!

화륵.

흑아소동의 강기가 호철을 향해 들이닥치려는 순간이었다. 호철의 눈에서 불길이 피어올랐다. 가까이에 있던 흑아소동이 아니고서는 절대로 알아차리지 못할 정도로 미약하였다.

허나, 흑아소동은 호철과 시선을 마주친 순간 몸이 으슬으슬 떨려왔다. 호철의 눈에서 피어오른 불길의 정체는 마화(魔火)였다.

번쩍.

"어엇!"

"억?!"

한 줄기의 섬광(閃光)이 경기장에 내리꽂혔다. 관중들은 놀라 헛숨을 들이켜고, 비명을 토해냈다. 섬광의 정체는 호철의 허리춤에 차여진 겸(鎌)이었다. 여태껏 단 한 번도 출수하여진 적이 없었던, 그의 무기가 처음으로 제 모습을 보인 것이다.

하지만 눈앞에서 벌어진 사달은, 차마 비위가 약한 이라면 눈을 뜨고 볼 수 있는 광경이 아니었다. 흑아소동의 몸, 정확하게 백회혈(百會穴)에서부터 회음혈(會陰穴)까지 혈선이 그려졌다.

탁.

호철의 겸이 허리로 되돌아가는 순간 흑아소동이 무너져 내렸다. 피가 분수처럼 뿌려지며 내장이 경기장 바닥에 쏟아졌다.

"우, 우욱!"

"우웨에에에엑!"

"으음……."

토악질을 힘겹게 참아내며 고개를 돌린 이가 있는 반면,

참지 못하고 곧장 쏟아내는 관객도 있었다. 그런 상황 속에서 정범이 신음을 흘렸다.

"배, 백피혈귀(白皮血鬼)다!"

"백피혈귀?"

침체된 안색의 소용군이 미간을 찌푸리며 백피혈귀라 외친 중년 사내를 바라봤다.

중년 사내는 두려움에 질린 얼굴을 하고 있었다. 허나, 사내의 두 눈에는 두려움과는 어울리지 않은 기이한 열망이 깃들었다.

하얀 거죽을 뒤집어쓴 피의 귀신.

그야말로 작금 호철의 모습과 어울리는 별호였다.

"허, 어울린다면 어울리지만 참……."

소용군과 마찬가지로 무겁게 내리깔린 얼굴을 한 초우가 혀를 차고서는 귀빈석에 앉아 있는 천하오패의 수장들을 바라보았다.

다음 경기가 미루어졌다. 언제 다시 시작할지 기약은 정해지지 않았다. 흑아소동의 시체를 경기장에서 수습하기 위함이었다.

"……."

정범은 낮게 가라앉은 눈으로 경기장을 나가는 호철, 백피혈귀의 등을 응시했다.

경기가 미루어진 사이 소림사로 간 홍염환은 언제 참았었냐는 듯 콧김을 뿜어내며 남소광을 노려보았다.

"남도문주, 어떻게 된 일인지 자세히 설명하셨으면 좋겠소만."

"무엇을 설명하라는 말인지 모르겠소만."

남소광은 정말로 이해하지 못하였다는 얼굴로 눈살을 찌푸렸다. 중재를 할 소림사 장문인도 없는 상황이었다. 홍염환이 물고 늘어지는 것이 귀찮았다. 기실 놈과 한 자리에 있어야 할 이유도 없었다.

"남도문주가 올려 보낸 그 녀석이 또다시……!"

"본선에서 살인은 허용된다고 하였소."

홍염환은 끝까지 말을 잇지 못하고 입을 다물었다.

그래. 그 말이 옳다. 본선에 들어선 순간부터 경기장 위에서 벌어지는 사태에 관하여 독, 암기를 비롯한 사이한 암수만 아니라면 살인조차도 허용한다고 하였다.

그러니 남소광으로서는 홍염환이 어찌하여 자신에게 저리도 따지는 것인지 이해할 수가 없었다.

"물론 어쩔 수 없는 경우! 라는 전제가 붙어 있기는 하오. 이는 소림 장문인께서도 인정하신 부분. 또한 조금 전 장주께서도 보았다시피 흑아소동의 공격은 그 전제에 속하다고 생각하오. 혹시나 본 문주만 그렇게 생각하는 것은 아니겠지요?"

"일반적인 경우라면 그 전제에 속하다고 생각할 수 있으나, 본 장주는 다르게 생각하는 바요. 남도문주께서도 눈이 있으시다면 충분히 아실 것이오. 호철이라는 자는 흑아소동을 도발하여 살수를 쓰게 만들었다는 것을!"

이글이글 타오르는 눈을 한 홍염환이 남소광을 쏘아 봤다. 눈빛이 실체화(實體化)하였다면 피부가 타들어갔을지도 모를 만큼 뜨거웠다.

'반박할 수가 없군.'

남소광은 속으로 고소(苦笑)를 금할 수 없었다. 홍염환의 말은 틀리지 않았다. 그가 보기에도 호철은 흑아소동을 도발하였다. 말이 아닌 행동으로, 무공으로 그의 심기를 거슬리게 만들어 살수를 쓰게 했다.

"……하지만 관중들에게는 무어라 말할 것이오?"

"당연히……!"

"일부로 도발하여 살수를 쓰게 만들었다고 설명하여도, 안목이 그만큼 뛰어나지 않은 관객들이, 무림인들이 과연 납득할 수 있을 거라 생각한다면…… 장주의 어리석은 오

산이라고 단언하리다. 자연스럽게 무림대회에 대한 의심이 생겨날 법도 하고. 천하오패와 소림사는 처음부터 무림대회의 우승자를 정해 놓았노라! 라는 식으로 말이오."

점잖게 홍염환을 설득하듯 말한 남소광은 어느새 차갑게 식어버린 찻잔을 들어 목을 적셨다. 아무 말도 못 하고 울그락불그락 낯빛을 바꿔대는 홍염환의 모습에, 속으로 그를 비웃었다.

'네까짓 놈이 말로서 나를 이길 수 있을 거라 생각했단 말이냐.'

하지만 남소광도 마냥 그를 비웃을 수만은 없었다. 마지막에 겸으로 흑아소동을 베어내기 직전 느꼈던 기운은, 여느 무림인들에게서 느낄 수 없었던 음산하고 사이했던 기운이었다.

"하실 말씀이 더 있으시오?"

남소광은 찻잔을 마저 비우고 자리에서 일어나며 물었다. 제법 이성을 되찾은 듯한 홍염환이 고개를 흔드는 것으로 대답을 대신한다. 부드럽게 미소를 띤 남소광이 밖으로 나갔다.

주위에 아무도 없다는 것을 알게 된 순간 남소광의 미소가 사라졌다. 그는 차갑게 물든 표정으로 소림사에서 남도문을 위해 내어준 방으로 발걸음을 옮겼다.

"하선욱."

"아, 문주님."

남소광은 그의 방으로 가지 않았다. 총군사 하형욱의 아들 하선욱이 머무르는 곳으로 향했다.

하선욱이 남소광의 목소리를 듣고 곧바로 문을 열어 그를 안으로 모셨다. 평소와 다른 표정에 무언가 사달이 일어났음을 대충이나마 짐작했다.

"호철이라는 녀석의 배후를 캐 보게. 정말로 그곳에서 고용한 낭인이 맞다면, 과거의 자취까지 하나도 빠짐없이!"

"일전에 말하였던 다음 거래에 대한 제안은 어떻게 하는 것으로 하시겠습니까?"

하선욱은 경기장에서 벌어진 사달을 알고 있다. 그러나 홍염환과 남소광의 안목과 둘 사이에서 일어난 대화는 전혀 알지 못한다. 허나, 묻지 않았다. 남소광의 짧은 말속에서 호철의 정체가 의심스럽다는 사실을 짐작해 냈다.

"우선은 미뤄두도록."

아무리 탐이 나는 음식이라도, 잘못 삼켰다가는 탈이 나는 법이다. 그 정도 균형감도 없었다면 남소광이 지금 이 자리에 존재하지 못했을 터였다.

"알겠습니다."

하선욱도 생각에 동의하고 있었기에, 별 말 없이 고개를 숙였다.

'설마…… 아니겠지.'

호철의 눈빛에서 일순 느껴졌던 기묘한 기운도 남소광의 마음을 한층 더 불안하게 만들었다.

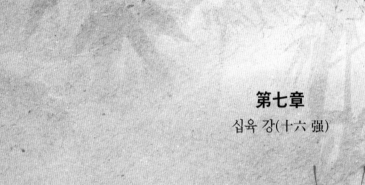

第七章

십육 강(十六 强)

백피혈귀, 호철의 경기가 끝난 이후 정범은 긴장했다. 상대는 생각 이상의 고수다. 거기에 더해, 어딘지 모르게 알 수 없는 찜찜함이 남았다.

'어쩔 수 없이도 보이지만…… 분명 백피혈귀 쪽이 도발했어.'

심지어 살인 이후 백피혈귀의 눈에서 느껴진 감정조차 의아했다.

'놀라지 않았어.'

살인에 익숙한 무림인이니 그럴 수도 있다.

문제는 당시 호철의 시선이 담담한 것 또한 아니었다는

사실이었다.

감추려 했지만 살인을 즐기는 듯한, 유쾌하지 않은 감정이 분명 엇비쳤다.

"알 수가 없군."

혼잣말로 중얼거린 정범은 빠르게 걸음을 옮겼다.

첫 번째 목적했던 호철의 경기는 보았다.

두 번째, 어쩌면 그보다 더 중요할지도 모르는 일이 남은 탓이었다.

'북궁 소저는…….'

그녀 역시 호철을 보고 싶었는지, 마지막까지 경기장에 남아 있는 것을 확인했다.

근접할 수 없는 분위기였기에 다가가 말조차 붙이지 못했지만 완전히 경기가 끝난 지금이라면 다르다. 아니, 그런 모든 것을 벗어나서 정범은 북궁소와 대화를 하고 싶었다.

그녀의 변화가 확실하게 느껴지는 마당에, 마냥 모른 척을 할 자신이 없었다.

"북궁 소저!"

마침 머지않은 곳에, 북궁소의 뒷모습이 보여 다급히 목소리를 높였다.

직후 정범은 분명 북궁소와 자신이 눈을 마주쳤다고 생각했다. 살짝이지만 그녀가 고개를 돌렸으니 말이다. 한데 북궁소가 아무런 말을 듣지 못한 듯, 빠르게 멀어진다.

"북궁 소저! 북궁 소……!"

정범이 재빠르게 그 뒤를 쫓으려 했지만, 경공까지 사용한 북궁소가 단숨에 시야에서 사라졌다.

"북궁 소저……."

멍하니, 경기장에 남은 정범이 북궁소를 불러보았지만 돌아오는 대답은 없었다. 분명 눈이 마주쳤다 생각했거늘, 피했다.

의심은 점점 확신이 되어 간다.

입가로는 쓴웃음이 떠올랐다.

'대체 이게 무슨 꼴인지…….'

한숨이 나올 따름이었다.

＊　　＊　　＊

미뤄진 경기가 재개(再開)된 것은 하루가 지난 뒤였다. 호철의 잔인무도한 수법은, 언제 논란이 되었었냐는 듯 관객들의 환호성이 터져 나왔다.

대룡문의 금지옥엽, 북궁소의 소소하고 청아한 아름다움은 사내들의 눈을 즐겁게 만들었다. 우아하면서도 강렬한 검술은 사뭇 무인들을 감탄케 하기도 하였다. 마지막 순간에 춤을 추듯 움직이며 상대를 제압하고 목에 검을 가져가 항복을 받아낸 순간, 사내들은 북궁소에게 푹 빠져 마음으로 항복하고 말았다.

다음으로는 초우.

패도적인 도법으로 단숨에 상대를 무너트렸다. 일도양단(一刀兩斷)이라 함은 그야말로 초우의 도법을 위한 말이라고 하여도 모자라지 않을 정도였다.

또한 소용군의 변칙적인 검공(劍功)은 어떠한가? 그의 검을 마주하였던 이는 제대로 된 반격조차 하지 못한 채 좁혀져 가는 검옥(劍獄) 속에서 결국 무너져 내리고 말았다.

그렇게 본선이 끝나고 십육 인의 무인만이 남게 되었다.

이른 바 십육 강(十六 强)이었다.

"아미타불, 모두 모여 주셔서 감사합니다."

소림은 십육 강에 오른 무인들은 한데 모았다. 다들 무슨 일인지 의아해하는 기색이었다. 곧 스님이 말하자 몇몇은 탄성(歎聲)을 토해내고 다른 몇은 한층 불안이 가신 표정이 되었다.

"비호창 대협의 기권과 불의의 사고로 인한 사망자의 발생으로 대전을 재추첨하기로 하였습니다. 또한 새로이 바뀐 규칙이 있으니, 반드시 숙지하여 주시길 바랍니다."

백피혈귀 호철에게 은연한 시선이 집중되었다. 대놓고

바라보는 이는 정범과 소용군, 북궁소, 초우뿐이었다.

"새로 바뀐 규칙은 간단합니다. 상대를 고의적으로 도발하여 살수를 펼치게 만들시 이 또한 실격시킨다는 것입니다. 아미타불, 아무쪼록 무운을 빌겠습니다."

"재추첨은 언제 하는 것인지 여쭈어도 되겠습니까?"

탄성을 토해냈던 이들 중 한 명이 물었다. 무운을 빌겠다고 하였던 스님은 다른 스님을 바라보았다. 시선을 받은 스님이 속히 바깥으로 나가 상황을 살피고 돌아오더니 작게 고개를 주억인다.

"아미타불, 재추첨은 곧바로 시행할 예정입니다. 모든 분들은 경기장 중앙으로 모여 주십시오."

스님은 합장하며 부드럽게 미소를 그렸다.

"정 형, 아무래도 스승님께서 소림과 이야기를 하여 무언가 조치를 취한 모양입니다."

경기장으로 이동하며 초우가 정범의 귓가에 작게 속닥였다. 정범도 그렇게 생각하였는지 고개를 끄덕이며 동의했다.

"하나같이 범상치 않은 이들 같습니다."

문득 정범이 감탄하며 말했다. 소용군도 부정할 수 없다는 듯 누군가를 바라봤다. 곧 초우와 정범의 눈도 소용군을 따라 움직였다. 상대는 바로 가면을 쓴 무인이었다. 가장 맨 뒤에서 따라오고 있는 그는, 마치 존재하지 않기라도 하는 듯 아무런 기운이 느껴지지 않았다. 잔인무도한 모습으로 승리를 거두었던 백피혈귀 호철과는 다른 의미로 강한 무인이라 생각되었다.

'한데, 어째서인지 낯설지 않군.'

어디선가 만난 적이라도 있단 말인가?

기억나는 한 오래 전부터 작금에 이르기까지 만난 수많은 이들을 떠올리며 기억을 더듬었으나, 마땅히 일치하는 이가 없었다. 단순히 착각에 불과할지도 모른다는 생각이 들었다.

"……그것도 그거지만. 정 형, 혹시 북궁 소저랑 무슨 일이라도 있는 거요? 북궁 소저의 표정이 영 좋지 않던데."

잠시 상념에 잠겨 있던 정범의 귓가에 초우가 작게 속삭였다. 북궁소는 시종일관 굳은 표정으로 스님들의 말을 경청했다. 제대로 잠을 이루지도 못하였는지 눈 밑에 검은 기미가 늘어져 있었다.

"글쎄요……."

정범이라고 그녀를 신경 쓰지 않을 리가 없었다. 그러나 자신을 일부러 피하고 있다는 사실을 안 순간 답답해지기 시작했다. 말이라도 걸고 싶건만 아는 척도 하지 말라는 듯 차갑게 돌아선 등을 보니, 가슴 한편이 아파온다.

"초 아우."

무어라 더 말하려는 초우를 붙잡은 것은, 놀랍게도 소용군이었다. 고개를 흔들며 더 이상 아무런 말도 하지 말라는 표현을 대신하였다.

"……."

쓴웃음을 금치 못한 정범은 소리 없는 한숨을 내쉬며, 관중들이 하나둘씩 모여드는 경기장 중앙을 바라봤다. 곧 십육 강 재추첨이 시작된다.

"휴, 거참."

"후우, 후우."

관중들이 모이길 기다리며 몇몇 무인들은 긴장을 감추지 못했다. 무수히 많은 이목이 집중되어서? 전혀 그렇지 않다. 그들이 긴장하는 이유는.

"……팔 강과 준결승, 더 나아가 결승에 오르는 것도 꿈은 아니군."

바로 이것 때문이었다.

초우는 근질거리는 손아귀를 쥐었다 피는 것을 반복했다. 말이 본선이었지, 지금부터가 진정한 무림대회의 진면목(眞面目)이 드러나는 순간이다. 백피혈귀 호철만 하여도 전혀 알려지지 않았던 고수였으며, 소용군, 북궁소 또한 감히 방심할 수 없는 상대였다.

"혹여나 정 형을 만나면 더욱 곤란하고."

"하하……, 초 아우께서는 너무 저를 높게 평하시는 것 같습니다."

머쓱하게 웃은 정범이 뒷머리를 긁적였다. 하지만 말하지만 않았을 뿐 소용군만 하여도 십육 강에서 정범을 만나고 싶어 하는 기색은 아니었다.

"대전표 추첨을 시작하겠습니다!"

본선에서 대전표를 추첨하였던 소림 스님들이, 십육 강에서도 수고를 겸하였다. 십육 개의 나무막대에는 각각 일(一)부터 십육(十六)까지의 숫자가 적혀 있었다. 그 나무막대를 관중석을 향해 보여주듯 하나씩 들었다.

이윽고 나무막대들이 작은 항아리에 들어갔다.

항아리를 들고 있는 스님이 나무막대를 섞었다.

잠시 후 손을 집어넣어 꺼내며 소리쳤다.

"십삼(十參)!"

혹여나 부정을 저지르는 것은 아닐까 의혹이 생기지 않도록 나무막대를 한 번 더 보인다. 그러기를 여러 차례. 마지막 대전표 추첨이 끝나자 초우와 소용군은 안도의 한숨을 내쉬었다. 정범과는 십육 강에서 만나지 않게 되었기 때문이다.

"모두 대전표대로 서 주십시오."

잠시의 여유도 없이 주최 측에서 십육 인의 무인들을 이열(二列)로 세웠다.

"아미타불, 지금 서로 마주 보신 분들께서 십육 강의 상대입니다. 혹여나 착오가 없도록 주의해 주십시오."

정범은 마음을 차분하게 가라앉힌 채 마주 보고 서 있는 상대를 바라봤다. 그의 십육 강 대전 상대는 백피혈귀 호철이었다. 마찬가지로 정범을 빤히 바라보던 호철은 정범이 자신의 상대가 되지 않으리라는 것을 느꼈는지 흥이 식은 것 같은 표정으로 다른 십사 인을 바라봤다.

"그럼…… 내일부터 시작될 십육 강의, 본선이라는 치열한 격전지에서 승리하고 돌아온 십육 인의 용사들입니다!"

이목이 완전히 집중된 가운데, 나무막대를 뽑았던 스님이 경기대 중앙 앞으로 나가 숨을 크게 들이마신 후 토하며 목소리를 높였다.

"와아아아아아아!"

짧은 소개였으나 관중들의 환호성은, 여느 때보다도 커다랬다. 정범조차도 고조되어 심취할 정도였으니, 그들에게서 전해지는 기대와 감정이 얼마나 큰지 알 수 있었다.

"비록 정과 사로 나뉘어 걷는다고 하나, 모두가 중원 무림의 미래라는 사실만큼은 절대로 부정할 수 없을 것입니다. 부디 공정한 대회가 되었으면 합니다. 아미타불, 그럼 무운(武運)을 빌겠습니다."

무운을 빌겠다며 말한 스님이 합장하자 경기장 전체를 울리고도 차고 넘칠 환호성이 터져 나왔다.

＊　　　＊　　　＊

십육 강에 앞서 주어진 하루의 여유 속에서 정범과 초우, 소용군은 객잔에 자리를 잡아 모였다. 초우의 사제들인 구종후와 휘설연도 자연스레 동석했다. 어느 누구도 둘의 동석을 어색하게 여기지 않았다.

"이것 참, 십육 강에서 정 형을 만나지 않아서 다행입니다."

초우는 안도하는 어조와는 다르게 호기로운 눈빛을 감추지 않고 정범을 보았다. 응당 만나지 않아서 다행이었다. 결승이 아니라 그보다 더 높은 곳에서 만나야 할 상대다. 그러하니 십육 강에서 싸우고 싶을 리가 없었다.

"……하지만 백피혈귀가 걱정입니다."

"흐으음."

소용군이 침체된 목소리로 짧게 말했다. 정범을 바라보는 그의 눈빛은 걱정으로 짙게 물들었다. 그제야 초우도 작게 신음을 흘리며 가벼이 생각할 일이 아니라는 것을 자각하였다.

"……정 형의 십육 강 상대가 백피혈귀였지요."

경기가 재개되기 전 초우는 홍염환을 만나려 하였다. 백
피혈귀 호철에 대하여 묻고자 함이었다. 그러나 홍염환은
호철에 대한 의문을 해소해 주지 않았다.

"심상치 않은 인물입니다."

"정 공자, 다치지 않게 조심해야 해요."

휘설연이 걱정스러운 눈빛을 감추지 못한 채 말했다. 덕
분에 초우의 목소리는 묻히고 말았다. 입맛을 다시는 초우
의 소매를 구종후가 조심스럽게 당겼다.

"노력하겠습니다."

정범은 천천히 입술을 호선(弧線)으로 그렸다. 아무 말도
하고 있지 않으나 구종후도, 초우도, 소용군도 모두가 자신
을 바라보며 걱정하는 눈빛을 감추지 못하고 있었다.

그저 몸이 좋지 않다고 하여 보일 수 있는 눈빛과 감정이
아니다. 진정으로 자신을 위하는 따뜻한 온정이 깃들어 있
다. 마음으로 걱정하는 것이리라.

정범은 기쁨에 젖어 들어갔다. 하지만, 이상하게도 가슴
한편이 허전하기도 하였다.

"정 공자, 혹시 지난번처럼 몸이 안 좋은 건 아니겠지요?"

"아닙니다. 어느 때보다도 좋습니다."

노력하겠다고 한 정범의 얼굴이 좋지 않자, 휘설연은 걱정을 감추지 못하고 묻고 말았다. 황급히 손을 저으며 정범이 말했다. 정범이 슬며시 초우를 바라보자 모른 척 구종후와 잔을 나누며 딴청을 피우고 있었다. 아무래도 그가 일전에 보였던, 제약에 걸린 지 얼마 되지 않았던 모습을 휘설연에게 말한 모양이었다.

　"……정말로 다행이네요."

　한참 동안 정범을 바라보고 있던 휘설연은, 그의 말이 거짓이 아님을 알았다. 적지 않게 안도한 그녀는 문득 고개를 들어 주위를 살폈다.

　"혹시…… 북궁 소저는 따로 만나시지 않은 건가요?"

　정범은 허전하게 느껴졌던 것이 무엇인지 알 수 있었다.

　"……없어."

　"정 공자?"

　의문을 표한 휘설연의 심장이 철렁 내려앉았다.

　굳이 의미를 듣지 않아도 느낄 수 있었다. 어쩌면 처음부터 알고 있던 사실일지도 모른다.

　'내 자리는…….'

　휘설연의 입가로 조소(嘲笑)가 떠오를 무렵, 아무것도 아니라는 듯 정범이 고개를 천천히 흔들었다.

　그래.

이마 위에 올려 있던 물수건.

아무런 의미조차 없는 말도, 투정에 가까운 말조차도 재밌다고…… 즐겁다고 하였던.

그녀가, 북궁소가 없었다.

"후우."

무심코 정범은 한숨을 토하고 말았다. 자신을 피하던 그녀를 떠올리자 가슴이 갑갑해져 왔기 때문이었다.

"정 형."

초우가 잔을 내밀었다. 내일이면 시작될 십육 강에, 술을 입에 댈 생각은 조금도 없었다. 하지만 가슴이 답답하다 못해 아려와 초우의 잔을 거절할 수가 없었다.

"너무 마음에 담아 두지 마십시오. 쌓아 두기만 하면 병이 되는 법입니다."

"초 아우, 흠흠……."

촉촉하게 젖어든 초우의 눈길에 정범은 감격 반 당혹 반이 섞인 채 고개를 돌렸다. 다시 한 번 말하지만 초우는 사내임에도 불구하고 고혹적이었다.

"아무튼, 걱정들 해 주셔서 감사합니다."

정범은 한층 안정된 얼굴로 미소를 지었다. 작게 고개를 숙여 모두에게 감사를 표했다. 휘설연만이 묘한 눈으로 바라볼 뿐, 남은 삼인은 아무것도 아니라는 둥 손을 흔들었다.

"그보다도, 팔 강에서 뵙겠습니다."

초우가 나름 응원이라는 듯 주먹을 불끈 쥐며 정범에게 투기를 내비쳤다.

"사 강에서."

"소 형!"

"하하……."

팔 강에서 초우가 정범에게 패배하리라는 것을 암시라도 하듯 소용군이 말했다. 초우는 서운하다는 듯 소리쳤고, 정범은 어색하게 웃으며 고개를 흔들었다. 가득 찬 잔을 천천히 들며 생각했다.

'미움을 받는 한이 있더라도.'

북궁소와 이야기를 할 것이라고.

"정 형, 손이 무겁습니다."

구종후가 애달픈 목소리로 애원했다.

*　　*　　*

자리가 파한 것은 그리 오랜 시간이 흐른 뒤가 아니었다. 반 시진도 채 지나기 전에 초우와 그의 사형제들을 찾아온 이가 있었다. 그는 바로 패력산장의 무인이었다. 초우가 패력산장의 무인에게 무슨 일이냐고 묻기도 전에, 그가 먼저 말하였다.

장주님께서 찾고 계신다고.

제아무리 초우라고 하지만 스승 홍염환의 부름을 거절할
수는 없었다. 먼저 자리에서 일어난 초우와 그의 사형제들
은, 정범을 향해 정중하게 포권을 쥐었다.

"무운을 빌겠습니다, 정 형."

"다음에 또 뵈어요, 정 공자."

"사매가 제법 내숭을……, 커헉!"

구종후가 결국 참지 못하고 장난기를 분출했다. 덕분에
복부에 휘설연의 팔꿈치가 꽂혀 숨이 턱, 하고 막혀버리는
참사가 일어났다. 실소를 흘리려던 초우조차도 굳은 표정
으로 올라가려는 입꼬리를 억지로 내리는 노력을 내비쳤
다.

"부디 보중(保重)하세요."

휘설연이 사납게 올라가려는 눈초리를 내리곤 정범에게,
귓가에 속삭이듯 부드럽게 말하였다. 정범은 슬쩍 달아오
른 뺨을 감추지 못하고 주먹으로 입을 가린 채 헛기침을 내
뱉었다.

"흠흠, 휘 소저께서도 보중하십시오."

돌아가는 그들의 등을 사라질 때까지 지켜본 뒤에서야
소용군도 정범에게 안녕을 고했다.

"그럼 이만."

"소 형, 내일 뵙겠습니다."

정범은 가장 마지막으로 자리를 떠났다. 이제 막 해가 저물어 가고 있다. 기이하게도 금일(今日)의 하루는 긴 것만 같았다.

"내일을 준비해야겠지."

허나, 내일부터 시작될 십육 강을 생각하면 하루는 절대로 길지 않았다. 백피혈귀, 호철이라 하는 무인은 결코 만만한 상대가 아니다.

어쩌면……, 정말로 어쩌면 사로(死路)라는 무대 위에서 목숨을 걸고 싸워야 할지도 모른다.

'긴장되는군.'

잠시 백피혈귀가 싸우던 모습을 상상하여 떠올리자 정범의 입 안이 바싹 말라버렸다. 어쩌면— 이 아니다. 진실로 그와의 싸움에서 한순간이라도 삐끗하였다가는 죽음으로 떨어지리라.

그러기에 더욱 가슴이 뜨거워진다. 북궁소를 떠올린 순간 갑갑해졌던 마음은 온데간데없어졌다. 투혼(鬪魂)이 타오르기 시작하였다.

"무엇이 그리도 기대되기에 그런 얼굴을 하고 있더냐."

"영 노야!"

그런 순간 등 뒤에서 영 노야의 목소리가 들려왔다. 정범은 반색하며 뒤를 돌아봤다. 대견스럽다는 눈빛으로 정범의 등을 바라보고 있던 영 노야는, 정범이 몸을 돌린 순간 눈을 가늘게 떴다.

"제법 많은 것을 깨달았다고 하나, 그 상태로 내일 경기장에 오른다면 죽을지도 모른다는 것을 알고 있느냐?"

영 노야의 서늘한 눈빛에 정범은 작게 몸을 떨었다. 스스로 생각하는 것과 타인의 입에서 흘러나온 말은, 체감이 워낙 다른 탓이었다. 그리고, 그 말을 한 타인이 스승이나 다름없는 영 노야였기에 더욱 진한 감정으로 전해져 왔다.

"기(氣)로써 검(劍)을 길들이고 다스린다(御). 허나, 하나가 됨(合一)은 지배하는 것이 아닌 검을 제 몸(身劍)과 같이 여기는 것. 그 뜻이 마음(心)에 이어지어 검에 서릴 때에, 진정으로 검에 마음이 담기노라."

"지켜보고 계셨군요. 영 노야."

영 노야는 어디서든 항상 지켜보고 있었던 것이다.

"그런……."

"하지만!"

정범이 또 다시 무어라 말하려는 순간 영 노야가 목소리를 높여 그의 말을 잘라내었다. 엄중한 영 노야의 목소리가 정범의 입술이 떨어지는 것을 허락하지 않기라도 하는 듯

하였다.

"……검의 마음(心劍)을 훔쳐보았다고 하나, 온전히 너의 것으로 만들지 못하였다. 처음 말하였던 것처럼 이대로 내일이 온다면, 필시 백피혈귀의 무릎 아래 꿇게 될 터."

제약이 걸린 상태에서도 정범은 처음과 달리 엄청난 발전을 이루었다. 그의 재능과 노력은, 영 노야라고 하여도 칭찬을 아끼고 싶지 않을 정도였다. 허나, 현실의 벽은 너무나 드높았다. 새로운 해가 떠오르고 십육 강이 시작되면, 정범은 백피혈귀의 손아귀에 죽음을 면치 못할 것이다.

기실 영 노야 혼자만의 생각은 아니었다.

"이대로 포기하는 것은 아니겠지?"

"하, 하하……."

엄중하였던 분위기는 영 노야의 실실 웃는 얼굴로, 순식간에 깨져 나갔다. 머쓱하게 웃으며 정범이 검지로 볼을 긁적였다.

"경기를 치룰 때마다 분명 성장하고 있는 것 같다고 느끼고 있을 게야."

"……."

정범은 대답하지 않았다. 하지만 영 노야의 말은 옳았다. 위기 속에서 스스로를 돌아보고, 관조하며 조금씩 성장해 나가고 있다. 무림 대회가 끝나고 제약을 푸는 순간 얼마나 자신이 강해질지 기대가 되는 마음도 있었다.

"그런 마음으로는 백피혈귀에게 버티는 것조차 불가능할 게다."

"노야······."

부끄러움을 이기지 못한 정범은 차마 영 노야에게 무어라 할 말이 없었다.

"그렇다고 못하고 있다는 말은 아니니 그리 의기소침할 필요는 없고. 아무튼, 백피혈귀 같은 고수는 전혀 생각하지 못하였던 만큼 한 가지 단초(端初)를 더 알려주지."

작게 혀를 찬 영 노야가 검지를 세웠다.

"또 삭신이 쑤시는 것은 싫으니, 약식(略式)으로 보여주마."

지쳐서 일어나지도 못하였던 경험은 영 노야로서도 께름칙했던 모양이었다. 혀를 내두르며 눈을 감은 영 노야는, 하늘을 향해 팔을 높이 들었다.

"협."

팔이 완전히 하늘로 향하는 순간 정범은 헛숨을 들이켜며 몸을 떨었다. 영 노야의 검지는 날카롭게 벼려져 세워진 한 자루의 검이다. 당장이고 정범을 향해 떨어져 내린다면, 제약이 풀린다고 하여도 막을 수 없으리란 생각도 들었다.

"······후."

"하아, 하아……."

하지만 영 노야가 숨을 토하며 검지를 접고 소매로 이마의 땀을 훔쳐내자, 정범은 안도하며 서서히 풀려가는 숨을 거칠게 내쉬었다.

"후후후. 어떠냐?"

정범의 숨소리를 들은 영 노야가 실실 웃으며 우쭐거렸다.

"정말로……."

황당하거나 어이가 없어서 말문이 막힌 적은 있었지만, 너무나 대단해서 말문이 막힌 경험은 처음이었다. 스스로 어수룩하다고 하였던 해공비검보다도, 지금 보았던 것이 더욱 놀랍다.

"……그것은 무엇입니까?"

다시금 입술을 뗀 정범의 목소리는 진중하게 가라앉아 있었다.

"해공비검의 근본(根本)이다."

"근본이요?"

근본이라 함은 단어적으로 근원(根源), 원인, 기초를 뜻한다. 하지만 영 노야가 보여준 조금 전의 광경은 해공비검과는 엄연히 다르다. 움틀대는 물결과 파도, 바다라는 해방감과 무거운 중갑감. 정범이 느꼈던 그러한 것들이 느껴지지 않았다.

"해공비검과는 전혀 다른 무공이라 느꼈습니다. 한데, 어찌하여 근본이라 하는 것인지 이해가 되지 않……!"

"얼마나 더 많은 단초를 던져달라는 말이냐."

얼굴을 찌푸린 영 노야는, 더 이상 볼 일이 없다는 듯 손을 흔들었다. 땀을 흘린 것이 찝찝하였는지 아무런 말도 없이 슥 사라졌다.

"하……!"

홀로 남게 된 정범의 귓가로, 깜빡하였다는 듯한 말투의 전음이 전해져 왔다.

[내일까지니라. 깨닫지 못한다면 죽을 것이오, 깨닫는다면 비상(飛上)하리니. ……지켜보고 있겠다.]

마지막은 조금이나마 걱정이 묻어났다.

"영 노야, 감사합니다."

정범은 눈을 질끈 감았다가 떴다. 영 노야의 마음은 확실하게 가슴에 새겨졌다.

*　　　*　　　*

달이 지고 해가 떠오르기 시작한다.

새벽의 추위로 몸이 으슬으슬 떨릴 만도 하건만, 무림 대회를 구경하기 위해 몰려든 사람들의 얼굴에는 그런 기색이라고는 눈곱만큼도 찾아볼 수 없었다.

십육 인을 보기 위함이었다.

그 십육 인은 수천 명에 이르는 무인들 중 예선과 본선에 이르는 경합(競合)을 거쳐 최후까지 남은, 중원 무림 어디를 가더라도 명성(名聲)을 떨칠 만한 고수였다.

"오늘도 오늘이지만, 내일 치러질 팔 강, 그 다음 날의 준결승, 마지막 결승까지! 얼마나 기대가 되는지 모르겠구면."

"자네는 어제 백피혈귀 경기를 보고 그렇게 토악질을 하더니……."

"예끼! 내가 언제 그랬다고 그러는 겐가."

경기가 시작되려면 한참 멀었건만 참을성이 부족한 몇몇 관중들은 미리 관람석에 착석(着席)하기까지 하였다.

그 시각, 무수히 많은 숙소들 가운데 유독 한 곳은 적막에 휩싸인 듯 풀잎이 스치는 소리조차 들려오지 않고 있었다.

"허어, 거참."

적막에 휩싸인 숙소의 식당에서 식사를 하고 있던 중년 사내가 꺼림칙한 표정을 감추지 못했다. 차라리 기분이 나빴다면 침이라도 뱉어서 풀기라도 하였을 것이다. 그조차도 하지 못하는 이유는…….

"기분이 묘하단 말이야."

무언가 피부를 간질인다. 기루에서 기녀들과 즐겁게 놀 때처럼 느낀다는 것은 아니나, 입 밖으로 내뱉은 말처럼 참으로 묘했다. 그러던 어느 순간, 피부를 간지럽히던 무언가가 씻은 듯 사라졌다.

"어?"

중년 사내는 자신도 모르게 의문을 토했다. 고요한 적막 속에서 작은 발걸음 소리가 들려왔다. 해가 뜨기 무섭게 숙소에 머무르고 있던 사람들은 모두 경기장으로 나갔다고 알고 있었다. 그렇게 시끌벅적하였으니, 모를 수가 없었다.

그런데 어째서 발걸음 소리가?

자연스레 고개를 돌린 중년 사내는 소리의 출처(出處)가 숙소에서 식당으로 이어지는 계단이라는 사실을 알았다.

"……웬 학사? 그보다 왠지 낯설지가 않네."

계단에서 내려오는 자는 학사 풍의 복식(卜式)을 갖춰 입은 사내였다. 중년 사내는 고개를 갸웃거렸다. 어디선가 본 것만 같은 기시감이 들었다. 하지만, 곧 떠오르는 기억은, 학사 풍의 차림과는 어울리지 않게 뒷골목 시정잡배들의 주먹다짐 같은 싸움으로 십자검 효봉을 이긴 장면이었다.

학사 풍 사내의 정체는 바로 정범이었던 것이다.

"하아."

정범은 짧게 숨을 토해냈다. 그의 숨결이 허공을 스치며 아지랑이처럼 피어올랐다. 중년 사내는 자신도 모르게 사시나무처럼 떨었다. 조금 전의 무언가는 단순히 피부를 간질이는 것으로 끝나지 않았다. 인간이라면, 살아 숨을 쉬는 생명체라면 응당 지니고 있는 본능을 자극한다.

압도(壓倒)되었다.

정범에게서 흘러나오고 있는 무언가는, 사람을 다스리는 거인(巨人)의 기세였다.

"으읏."

"이런."

중년 사내가 기어코 참지 못하고 신음을 흘렸다. 정범은 당황하며 손을 휘저었다. 기세가 흩어지며, 내부에서 외부로 표출되려는 것들이 모두 갈무리되었다.

"……요즘 몸이 허하기라도 한 건가."

멍한 눈으로 정범을 바라보던 중년 사내가 고개를 갸웃거리며 중얼거렸다. 언제 그랬냐는 듯 사라진 무언가는, 아주 건강한 제 몸을 걱정하게 만들었다.

'큰 실수를 했군.'

중년 사내의 반응에 정범은 내심 한숨을 내쉬며 빈자리 중 한 곳에 착석했다. 점소이를 불러 소면을 주문하고 간밤

사이 상상구현 속의 대련을 떠올렸다.

상대는 백피혈귀였다.

도합 다섯 번.

'사패(四敗), 일무(一無)라…….'

처음 대전은 참으로 참담했다.

첫 상상구현에서는 열한 번을 공격한 뒤 심장이 꿰뚫렸다. 백피혈귀가 겸을 출수하는 것을 보지 못하였다. 흑아소동의 몸을 반으로 가를 때처럼, 허리로 회수된 것만을 보았을 뿐이었다. 두 번째라고 크게 다른 것은 아니었다. 조금 변한 것이 있다면 열한 번의 공격이 열일곱 번까지 늘었다.

그리도 드디어 다섯 번째에 이르렀을 때, 아슬아슬하게 동수(同數)를 이루었다.

네 번째 대련 때에 찾아온 단초가 없었다면 그마저도 불가능했을 터다.

'백피혈귀라…….'

상상실현 속에서의 결과는 실상 좋다고 할 수 없었다.

하지만 자신감은 생겼다. 마지막 다섯 번째 대련, 비록 결과는 무승부로 끝났지만 한끝 차이였다.

'그 한끝.'

조금만 더 빨랐다면 정범의 승리였다.

당시를 떠올린 정범의 입가로 미소가 떠오른다.

"헤헤, 소면 나왔습니다!"

생각에 빠져 있는 사이, 습관처럼 주문한 아침식사가 나왔다.

"고맙네."

짧게 답한 정범은 간단하게 끼니를 때우고, 곧바로 자리에서 일어나 무림대회장으로 향했다.

어찌 되었든 아침 동이 텄다.

'남은 건 실전에서 확인하는 일뿐이야.'

자칫하면 죽을 수도 있다.

위기라고도 할 수 있는 십육 강전을 눈앞에 둔 정범의 마음은 차분하기만 했다.

第八章
대결(對決)

　정범이 무림대회장에 도착했을 무렵은 이미 제법 늦은 시간이었다. 이른 아침부터 달려와 자리를 잡고 있는 관람객들이 그를 발견한 것도 이상한 일은 아니었다.

　"순호검! 순호검이다!"

　관람객들 중, 누군가가 정범을 알아보고는 큰 목소리로 외쳤다.

　"오, 드디어 왔군!"

　"백피혈귀랑 붙는다고 했지?"

　이번 십육강 전에서 최고의 화젯거리는 말할 바도 없이 정범과 호철의 경기였다.

우선 정범은 오직 운으로 무림대회 본선까지 올라왔다는 운사를 지나, 삼십이 강에서 모두가 예상치 못했던 검강을 선보이며 우승 후보였던 화평을 꺾었다. 당시 정범이 보여 주었던 방어술은 가히 그 어떤 창으로도 뚫을 수 없는 무적의 방패를 보는 것만 같았다.

그런 정범의 십육 강 상대가 바로 백피혈귀.

예선전에 첫 살인.

그 이후로 두 번의 본선에서 또 다시 상대를 모두 죽였다. 가장 흥미로운 사실은 세 번의 살인 모두 상대의 살수에 어쩔 수 없이 반응했다는 점이었다. 누가 보아도 의도적이 아닌, 어쩔 수 없는 살인. 하나 우연도 세 번이나 겹치면 필연으로 보이기 마련이다.

백피혈귀는 규칙에 걸리지 않을 선에서 고의적 살인을 하고 있다.

잔혹한 그의 손속은 눈살을 찌푸리게 하였지만, 그만큼이나 많은 눈길을 모을 수밖에 없었다.

결국 따지자면 삼십이 강 때와도 같다.

정범은 방패(盾).

호철은 창(矛).

세간의 관심은 과연 화평의 검을 막아선 방패가 백피혈귀의 겸까지 막아낼 수 있냐는 데로 쏠렸다.

'이것 참…… 부담되는군.'

어딜 가도 넘치는 사람들의 시선에, 괜히 머쓱한 웃음을 지은 정범이 빠르게 걸음을 옮겨 대회장 내부로 들어섰다.

정범의 모습이 완전히 사라지기 전까지, 관람객들의 시선은 꼬리처럼 길게도 달라붙었다.

'유명해지는 것도 곤란하군.'

처음으로 명성이란 것을 얻었다.

정범도 그쯤은 알고 있다.

그런 와중에 상대가 백피혈귀니 시선은 더 쏠린다.

이 시점에서 승리하기까지 한다면 명성은 배가 되리라는 사실도 쉽게 알 수 있었다.

'명성, 명성이라…….'

어린 시절에는 올바른 관리가 되어서 만 양민들에게 칭송받는 인물이 되고자 했다. 하지만 결국 꿈으로 그치고 말았다. 한데, 무인으로서 무림대회에 참가해 생각지도 않았던 명성을 얻어버렸다.

'더욱 행동을 조심해야겠구나.'

정범은 아직 명성이 가진 힘을 모른다.

단지 명성이라는 것이 주는 무게감은 안다.

이름이 알려질수록, 행동 하나, 하나가 조심스러워져야만 한다. 작은 사건도 결코 쉽게 여겨지지 않을 테니 말이다.

물론, 말처럼 쉽지는 않다.

"잘해 낼 수 있을까……."

"걱정되면, 기권해요."

"북궁 소저?"

대회장으로 가는 입구에 팔짱을 끼고 선 북궁소가 서 있었다.

정범의 눈이 동그랗게 커졌다.

한동안은 말은커녕, 얼굴조차 마주치기 힘들었던 그녀다. 묻고 싶은 말도, 하고 싶은 말도 가슴에 많이 묻어 둔 상태였다.

"지금 정 공자의 상태라면…… 죽을 수도 있어요."

북궁소는 천재다.

누가 뭐라 하여도, 그녀가 가진 무재는 가히 하늘이 내려주었다고밖에 표현할 수 없을 정도로 압도적이다. 그런 그녀에게는 작금 정범의 이상이 분명히 보였다. 때문에 다짐을 깨고 그의 앞을 막아섰다.

정범이 죽는다.

외면하려고 했지만, 꿈속에서 그 모습을 마주할 때마다 심장이 떨어졌다.

참을 수 없는 살심과 분노가 전신을 감쌌다.

결코 보고 싶지 않은 결과다.

"죽지 않습니다."

정범이 북궁소를 똑바로 바라보며 말했다.

묻고 싶은 말보다, 하고 싶은 말보다 해야만 할 말이 있다.

"어떻게……."

긴 말을 내뱉으려던 북궁소가 짧은 한숨을 내쉬었다. 정범의 눈이 곧다. 결코 말로 해서는 물러나지 않을 것이라는 사실쯤은 쉽게 알 수 있었다.

"길게 이야기하지 않겠어요. 기권해요. 아니라면 제가 힘을 써서라도 막을 거예요."

북궁소가 차갑게 말했다.

원 상태의 정범이라면 막을 수 없을 것이다.

아니, 막을 필요도 없을 터였다.

하지만 지금은 다르다.

자신이 있었다.

서린 기운을 뿌리는 북궁소의 차가운 눈이 정범을 꿰뚫을 듯 노려본다.

"후우……."

정범은 입가로 한숨을 내쉬었다.

당연한 말이지만, 그는 북궁소와 싸우고 싶지 않았다.

오히려 대화를 하고 싶은 입장이었다.

'상황이 정말 안 도와주는군.'

정범의 미간이 깊은 내 천(川)자를 그릴 때였다.

"호오…… 이거 재미있는 상황이로군."

갑작스럽게 들려온 얇은 목소리에, 정범과 북궁소의 시선이 동시에 움직였다.

백피혈귀 호철.

그가 정범보다 뒤늦게 무림대회장에 도착해 두 사람을 지켜보고 있었다.

"여기서 싸우는 건가? 아, 혹시 치정(癡情)이라면 자리를 비켜주도록 하지. 나야 좋은 일이지. 굳이 한 번 더 안 싸우고 팔 강에 갈 수 있는 것 아닌가? 으하하."

어깨를 으쓱한 호철의 시선이 정범을 향한다.

날카롭게 벼려진 듯한 눈빛 속에는 감출 수 없는 살기가 번뜩였다.

'이놈은…… 확실해.'

고의적으로 무인들을 죽였다.

어떠한 이유를 가지고 있었는지 모르지만, 사실이라면 결코 용서할 수 없는 일이었다. 북궁소의 만류에, 조금쯤 고심이 일던 정범의 마음에 확신이 섰다.

'마도(魔道)라는 것이 단지 마공을 익히는 것만이 아니지 않은가.'

호철은 분명히 규정할 수 있는 악(惡)이다.

마노와 같은 존재다.

"그대는 결코 팔 강에 갈 수 없을 겁니다."

정범의 목소리에 살을 엘 듯한 한기가 배어나왔다.

북궁소나, 다른 사람들을 상대할 때는 결코 볼 수 없던 모습이다.

"어째서? 설마 내가 당신한테 지기라도 할까 봐?"

호철이 빙글거리는 웃음을 지으며 물었다.

"지겠지. 그리고, 여태껏 한 일에 대한 죗값 역시 받을 것입니다."

"이거 참, 당신도 오해하고 있구먼. 난 무슨 목적으로 사람을 죽인 게 아니야. 그저……."

"즐거웠습니까?"

정범의 물음에, 호철의 얼굴 전체에 번져 있던 웃음이 사라졌다.

"뭐?"

"사람을 죽이는 게 즐겁냐고 물었습니다."

"으하하. 지금 내가 무슨 소리를 들은 거지?"

호철의 눈이 빠르게 주변을 훑었다.

어두운 통로에는 정범과 본인, 그리고 북궁소가 있었다. 안타까웠다. 북궁소만 없었다면, 이 자리에서 당장에라도 허리춤에 찬 겸을 뽑아 들었을 것이다.

'저렇게 재미있는 녀석일 줄이야.'

손가락 끝이 간질간질거린다.

확실히, 눈앞의 정범과 같은 인물을 죽인다면 너무나도 즐거울 것이다. 여태껏 보다 더한 전율이 온몸에 짜릿하게 차오를지도 모른다.

하나 참는다.

지금은 상황이 좋지 않았다.

어차피 어떻게 해서든 부딪칠 상대다.

지금 한 번 참아야지, 더 큰 즐거움을 만끽할 수 있었다.

"……운이 참 좋군."

몸이 달아오른 호철은 바싹 마른 입술을 혀로 가볍게 축였다. 잠시의 기다림을 참지 못할 만큼 인내심이 적지는 않았다. 오히려, 기다리는 것에는 미학(美學)이 존재한다고 믿기까지 하였다. 그래 왔기에 여태껏 일부러 수세(守勢)에 몰리기까지 하였다.

"운이 좋은 건 네놈이겠지."

북궁소가 사납게 호철을 노려봤다.

"이런!"

호철은 불에라도 데일 뻔한 사람처럼 주춤거리며 한 발자국 물러났다. 물론 어설프게 겁에 질린 듯이 연기한 것에 불과하였다.

"이래서 치정에 끼어드는 걸 좋아하지 않는데 말이야."

곧 히죽이는 모습에 북궁소가 한 발 앞으로 나섰다.

"북궁 소저."

그런 북궁소를 말린 것은 정범이었다.

정범은 그녀의 앞을 가로막아 호철이 시야에 닿지 않게 했다. 하지만 북궁소의 눈에 보이는 것은, 정범의 등이었다.

"뭐, 더 즐길 거리는 없는 것 같군. 대답은 나중으로 미루겠어. 치정에 깊숙이 관여할 생각도 없고 말이야. 아참, 혹시나 경기장에 오르지 못할 걸 대비해서 좀 전의 질문에 미리 대답이라도 해 주는 것이 좋을까?"

호철은 비웃듯 입꼬리를 올린 채 정범의 어깨를 스치며 지나쳤다. 경기장 위에 서서 정범과 마주한 순간이 고대(苦待)될 뿐이었다. 북궁소와 눈으로 인사하는 것도 잊지 않았다. 이런 즐거움을 얻게 해 준 데는, 그녀도 한 몫을 했기 때문이다.

"절대로 용서하지 않을 것입니다."

그의 등 뒤로 정범이 나지막하게 말했다. 정범의 목소리를 들은 호철이 어깨를 또 한 번 으쓱한다. 아무렴 상관없다는 태도에 정범이 주먹을 꾹 쥐었다.

"……결국 기권하지 않을 생각이신가요?"

호철이 시야에서 완전히 사라지고 난 뒤 북궁소의 입술이 떨어졌다. 정범은 언제까지고 호철에게 신경을 쓰고 있을 수는 없었다. 재차 질문이 돌아오자 작게 입술을 깨물고 몸을 돌려 그녀와 눈을 마주쳤다.

"예. 기권하지 않을 겁니다."

정범은 단호하게 대답했다.

"정녕……!"

단번에 돌아오는 답변은 북궁소의 노기를 터지게 만들기 충분했다. 그녀는 검을 뽑아들고 정범의 목에 겨눴다. 자칫 손목이라도 까딱하는 순간 목젖을 찌를 듯 검첨(劍尖)이 가까웠다. 답답함에 목이 막혀 온다. 수많은 말들이 턱 끝까지 차올라 정범을 향해 터져 나오려 하지만, 무엇을 말해야 그가 경기를 기권할지 알지 못하였다.

"어……째서? 어째서 그렇게까지……!"

북궁소가 애원하듯 외쳤다. 파르르 떨리는 입술은 애처롭기만 하다. 그 모습을 바라보는 정범의 마음이 아파온다.

"저를 믿어 주십시오."

"……!"

정범이 따뜻하게 웃는다. 그 웃음을 마주한 북궁소는 차마 말을 이어갈 수가 없었다. 너무나 따스하여 차가웠던 가슴이 덥혀지는 것만 같았다.

"악(惡)을 앞에 두고, 다시는 도망치지 않겠다고 스스로에게 맹세하였습니다. 자신에게, 사내로서 한 그 맹세를 깨트리고 싶지 않습니다. 또한……."

따스한 웃음에 이어 온기가 깃든 손이 천천히 다가와 머리카락을 부드럽게 쓸어내린다. 북궁소는 검을 들고 있다는 사실조차 잊어버린 듯 멍하니 정범의 손을 바라봤다. 하지만 그녀가 진정으로 충격받은 것은, 다음으로 이어진 말 때문이었다.

"북궁 소저가 슬퍼하는 모습을 보고 싶지 않고요."

정범이 북궁소의 눈을 똑바로 응시했다. 거짓말이 아니다. 죽음? 두렵지 않을 리가 없다. 무한회귀가 없는 이상 재도전은 불가능하다. 죽음을 앞둔 매 순간순간이 칼날 위를 걷고 있는 것만 같다.

하지만 죽을 수 없었다.

마노가 살아 있는 한. 그리고 고향에서 자신을 기다리는 가족이 있는 이상. 마지막으로 눈앞에 있는 여인처럼 자신과 인연이 닿은 사람들이 있으니까.

"부디 끝까지 저를 지켜봐 주십시오."

"어? 어어?"

북궁소는 어벙벙한 소리를 흘렸다. 정범이 손가락으로 검첨을 밀어냈기 때문이었다. 죽이고자 한 것은 아니어도 무슨 수를 써서라도 막으려는 생각에, 제법 검에 담긴 기세는 강했던 터였다. 그것을 내력조차 없이 손가락으로 밀어낸다면 분명 피가…….

"……어떻게?"

멍하니 북궁소가 물었다. 정범의 손가락은 철로 이루어진 듯 생채기조차 나지 않고 검첨을 북궁소의 검집까지 밀어냈다. 덕분에 북궁소는 불과 일다경도 전에 화를 내고 있었다는 사실조차 잊고 말았다.

"하하, 말했잖아요. 끝까지 저를 지켜봐 달라고."

정범은 홀연히 북궁소를 지나쳐 갔다. 그리고, 북궁소는 더 이상 정범을 붙잡을 수 없었다. 그의 믿음을 배신하고 싶지 않았기에.

* * *

"와아아아아!"

관객들의 환호성이 정범의 귓가를 때렸다. 고막이 울려 아플 만도 하건만, 인상을 찌푸리기는커녕 가슴이 조금씩 거세게 뛰기 시작했다. 통로를 통과하며 십육 강 진출자를 안내하기 위해 대기하고 있던 소림 스님이 정범을 개인 대기실로 인도하며 말하였던 것 때문이었다.

'첫 경기는 도객이 이겼다고 하였었지.'

지금 들려온 환호성의 무대는 십육 강에서도 두 번째 경기이다.

첫 번째 경기는 얼굴에 제법 상처가 많은 도객과, 다채로운 체술을 펼치는 투사였다.

자고로 관중이 좋아하는 광경은 손에 땀을 쥐게 하는 막상막하의 싸움과 심장이 덜컥 내려앉을 정도로 압도적인 싸움이다. 그런 의미로 따졌을 때 첫 번째 경기는 전자에 속했다.

처음에는 도객이 일방적으로 몰아쳤다. 그러나 병기가 없다는 약점을 보완하기 위해 팔과 다리 보호대를 착용함으로써, 투사의 방어는 철옹성을 떠올리게 만들 정도로 탄탄해졌다. 결국 도기를 피어 올릴 수밖에 없었던 도객은, 권풍(拳風)을 쏘아내는 투사의 공격에 수세에 몰리게 되었다. 허나, 도객 역시 순순히 당하지는 않을 만한 저력을 지니고 있었다. 짧지 않은 공방(攻防)이 오가고, 반 시진이 지난 뒤에서야 막상막하의 경기가 끝났다.

최후에 경기장 위에 서 있던 것은 도객이었다.

마지막 온 힘을 다하여 강기를 뿜어낸 도객의 승리였던

것이다.

그리고, 지금 들려온 환호성의 두 번째 경기는 흑색 무복의 봉술사와 유독 두터운 장포를 걸치고 있는 짙은 눈썹의 무인이었다.

"승자는, 환영장(幻影掌) 기섭 대협입니다!"

"와아아아!"

심판인 소림 스님이 경기장으로 올라와 승자를 선포하자 환호성이 또다시 터져 나왔다. 환영장이라는 별호로 보건대 눈을 어지럽히는, 화려한 장법을 구사하는 무인인 듯하였다.

"……이제 내 차례인가."

정범에게는 그러한 사실이 크게 와 닿지 않았다. 승자와 패자가 경기장에서 내려가면, 세 번째 경기가 시작된다는 사실만이 중요하였다.

"아미타불, 입장하실 준비를 하여주십시오."

거세게 뛰었던 가슴은 백피혈귀를 떠올린 순간 고요하게 가라앉았다. 이윽고 개인 대기실로 안내해 준 소림 스님이 나타나 말했다.

"예."

"아미타불."

너무나 차분한 정범의 대답과 눈빛에 소림 스님이 당황

을 감추지 못한 채 합장했다.

＊　　　＊　　　＊

　예선부터 시작하여 십육 강 전 두 번째 경기에 이르기까지, 항상 경기가 시작되기에 앞서 관객들은 앞으로 눈앞에 펼쳐질 광경에 고대(苦待)하며 환호하기 마련이었다. 하지만 이번만큼은 여느 때와 달리 침묵이 맴돌았다. 숭산 입구인 것을 감안하여 적정한 숫자의 관객들만 받았다고 한들 족히 일천에 다다른다. 그 많은 관중이 모두 입을 다물고 있었다.

　"……도대체 누구 차례의 경기기에 다들 그러는 거요?"

　양주(揚州)에서 온 탓에 예선과 본선을 구경하지 못한 중년 사내가 어리둥절한 표정으로 옆에 있는 동년배 사내에게 조심스럽게 물었다.

　"백피혈귀의 소문을 들으셨소?"

　자연스레 질문을 받는 사람의 목소리도 낮아졌다. 침묵에 빠지다 못해 고요한 분위기 속에서 차마 소리를 높일 자신이 없었던 것이다.

　"아! 그 살인마 말이오?"

　순간 탄성을 지른 양주의 중년 사내는, 높아진 자신의

목소리에 놀라 몸을 움츠린 뒤 주위의 눈치를 살폈다. 바로 전날 도착하였지만 호철에 대한 소문이 자자하여 모를 수가 없었다.

"아마 상대가……."

"운사로 불렸던 순호검이라는 무인이요."

"운사? 순호검?"

"뭐, 처음에는 운이 좋은 줄만 알고 운사라고 하였는데…… 알고 보니 방어가 엄청나게 탄탄하더군. 그래서 새롭게 붙여진 별호요. 곧 시작할 것 같으니 직접 지켜보쇼."

호철이 경기장 위로 오르는 것을 보고 동년배 사내가 중년 사내에게 눈짓했다.

"순호검이다!"

"드디어 십육 강전에서 가장 기대하고 있는 경기가 시작되겠어!"

"이 순간만 기다려 왔지. 암, 그렇고말고."

경기장 중앙으로 호철이 도착하자 맞은편에서 정범이 천천히 걸어 나타났다. 호철이 등장하던 때와 다르게 관객들이 흥분한 채 하나둘 입을 열기 시작했다.

"큭큭, 그렇게 떠들어대는 것도 잠시지."

호철은 그런 관중을 비웃었다. 그리고 정범을 바라봤다. 차분하게 가라앉은 눈이 똑바로 자신을 응시하고 있다. 불쾌하다는 생각은 들지 않았다. 곧 저 두 눈이 죽음으로 인하여 회색으로 물드는 꼴을 볼 테니 말이다.

"아미타불, 규칙은 전과 똑같습니다. 첫 번째……."

심판인 스님이 둘 사이에서 규칙을 설명한다. 호철은 그의 말이 귀에 들어오지 않았다. 경기가 시작되는 것만이 호철에게 중요한 일이었다.

"……그럼 십육 강 세 번째 경기를 시작하겠습니다."

마지막으로 합장한 뒤 스님이 외각으로 물러나 말했다. 경기를 시작하겠다는 말이 끝나고 곧바로 경기장을 내려갔다. 동시에 관객들은 주먹을 꾹 쥐었다. 경기가 시작되면 호철과 정범이 어떤 경합을 벌일지 기대되었기 때문이었다. 허나, 관중의 기대를 배신이라도 하듯 두 사내는 말없이 서로를 응시하고 있을 뿐이었다.

"즐거웠다."

먼저 입을 연 것은 호철이었다. 갑작스러운 즐거웠다는 말에 상대가 의아해할 만도 할 테지만, 그런 의문을 풀어줄 만큼 호철은 친절하지 않았다.

"살을 베고 뼈를 가를 때 느껴지는 손맛, 그 감촉."

작고 느리지만 달뜬 목소리가 그의 심정을 대변했다. 비릿한 미소가 입가에 머물렀다. 고조되려는 감정을 억누르려는 듯 꾹 쥐어진 두 주먹을 정범이 보라는 듯 들었다.

"미친 듯이 즐거워. 너무나 즐거워서 매일 밤마다 내일을 기다려. 하아아아……."

호철은 길게 숨을 흘렸다. 짜릿한 전율이 등줄기를 울리며 지나쳐 간다.

"그 내일보다 더 기대되는 것은, 내 손에 죽어갈 녀석의 표정을……."

온몸을 떨며 말하던 호철의 표정이 딱딱하게 굳어졌다. 보통 여기까지 말하면 상대가 경멸하거나 혐오스럽게 바라보고는 한다. 하지만 정범의 눈에는 어떠한 감정도 깃들어 있지 않았다. 마치 무생물(無生物)을 보는 것만 같다. 그래, 길을 가다 발치에 치이는 돌멩이처럼.

"큭."

불쾌한 감정이 호철을 지배했다. 하지만 정범을 죽이고 싶은 살심(殺心)은 여전하다. 아니. 오히려 더욱 커져간다.

"……쓸데없이 말이 길었군."

말이 끝남과 동시에 투기가 폭사되었다. 투기 속에는 정범을 죽이려는 살기가 절제된 채 숨겨져 있었다. 그것을 알아차린 무인은 기껏 해 봐야 한손에 겨우 꼽을 정도로 적었다. 그중 한 명은 호철 앞에 있던 정범이었다.

"흡."

호철의 신형이 사라졌다. 정범은 미처 검파(劍把)에 손을 가져가지도 못한 채 재빠르게 몸을 돌리며 양손을 휘둘렀다. 군자조였다.

카강—!

정범의 군자조와 호철의 손이 격돌했다. 동시에 튕겨나간 두 사람의 발이 경기장 바닥을 긁으며 신형이 더 멀리 날아가는 것을 멈춰 세웠다.

"오, 오오!"

관중들이 놀라 소리쳤다. 그도 그럴 것이, 양쪽 모두 무기를 사용하지 않은 경우는 단 한 번도 없었기 때문이었다.

더구나 피와 살로 이루어진 손끼리 부딪혔는데 쇠가 부딪히는 소리가 터져 나왔다. 첫 번째, 두 번째 경기보다 더욱 수준이 높다는 증거가 아니면 무엇이란 말인가!

'역시 동수인가.'

경기장 외곽에 착지한 정범은 고개를 들어 호철을 바라봤다. 다섯 번째 상상구현에서 겨우 동수를 이루었다. 지금의 합도 예상되어 있던 결과이다.

호철과 시선이 마주쳤다. 여태껏 경기장 위에서 보였던 그의 모습이 그대로 투영되었다. 달떴던 얼굴은 철저한 가식 속에 가려졌으며, 투기 속에 감춰진 살기만이 피부를 찌를 듯 쏘아졌다.

"흡."

마주쳤던 시선이 떨어졌다. 마치 처음부터 짜기라도 한 듯 땅을 박차며 서로를 향해 쇄도해 나아간다. 눈앞까지 당도한 순간 호철의 신형이 사라졌다. 사막의 신기루를 직접 본다면 이럴까?

하지만 정범은 당황하지 않았다. 호철의 무공이 결코 낮지 않음을 알고 있었다.

짧게 숨을 토한 정범이 빨랐던 걸음을 태평하게 늦췄다. 하지만 태평하게 보이는 것과는 달리 호철의 환보(幻步)를 간파하고 그의 앞에 정면으로 마주섰다. 군자조에 이어 군자보였다.

"흥."

호철은 미간을 찌푸린 채 코웃음을 쳤다. 박투에서, 보법에서도 밀리는 기색이 없다. 투기와 살기를 마주하고 있음에도 심정이 움츠러든 것 같지도 않다.

'괴이하다.'

작금 무림에 이러한 자가 있단 말인가?

아니. 있다고 한들, 없다고 한들 무슨 상관이랴. 베어내는 순간 엄습해 올 전율만을 고대하고 있거늘.

"으하하하하!"

"소용없습니다!"

호철은 더 이상 투기 속에 살기를 감추지 않았다. 폭소(爆笑)를 터트리며 두 주먹을 동시에 내질렀다. 권풍이 몰아쳤다. 정범은 내력을 담은 일갈로 권풍을 파훼했다. 눈앞까지 닥쳐온 호철의 두 주먹을, 양 손바닥을 펼쳐 잡고 손목을 비틀었다.

"오옷!"

"과연 순호검이로다!"

관중은 정범에게 두 주먹을 붙잡힌 호철의 몸이 허공에서 크게 회전을 하자 환호성을 질렀다.

"하지만 백피혈귀도 만만치 않아!"

"맞아, 맞다구. 저거 봐봐. 허공에서……, 어엇?!"

허공에서 호철이 퇴법(腿法)을 펼쳤다. 회전력을 더하여 배로 강해진 발뒤꿈치가 대장장이의 쇠망치처럼 강하게 내리꽂혔다. 하지만 더욱 놀라운 것은 정범이 너무나도 손쉽게 호철의 공격을 막았다는 것이었다.

"크윽."

급하지 않았던 호철이었으나, 이 순간만큼은 인상을 찌푸리지 않을 수가 없었다. 바닥에 착지하는 호철을 본 정범은 욱신거리는 팔목을 태가 나지 않게 잘 감추었다.

지금까지 호철은 권법과 겸으로 싸워왔다. 퇴법에 대한 조예가 있으리라고는 생각하지 못하였다. 혹시나? 하는 마

음을 가지고 있었기에 미리 마음의 대비를 하고 있었기에
다행이었다.

'기회를 엿보고 있군.'

호철은 단번에 덤벼들지 않았다. 먹이를 노리는 매처럼
자신을 탐색하기 시작했다. 곧 결정적인 순간이 찾아올 것
이다. 그가 겸을 빼어들고 휘두르면, 마지막에 서 있는 최
후의 일인이 누가 될 것인지는 그때가 되어 봐야 알 수 있
는 사실이다.

"나는 그대와 같은 악(惡)을 본 적이 있습니다."

"……나와 같은 악? 당신이? 용케 살아 있군."

정범이 운을 떼며 검파(劍把)로 손을 가져갔다. 천천히
빼어 들어 눈앞에 일(一) 자로 검신을 눕혔다. 그런 정범의
모습에 호철이 조심스레 응대하며 내력을 끌어올리기 시작
했다.

"예. 부정하지 않겠습니다. 용케도 살아남을 수 있었습
니다. 그리고, 그날 이후 맹세했습니다."

눈을 감은 정범은 상념에 잠긴 듯 나지막하게 중얼거렸
다. 감정이 벅차오르기라도 하였는지 속눈썹이 떨리기조차
하는 것이 호철의 눈에 보였다. 하지만 호철은 정범이 절
대 상념에 잠기지 않았다는 것을 알았다. 상념 따위에 잠
겨 있을 상황도 아니었지만, 소름이 끼칠 정도로 불어오는

내력의 바람이 느껴진다. 그 중심이 바로 정범이다.

'제법……'

동수를 이룬 것만으로도 대단하다. 그런데 상상 이상의 저력을 보여준다. 지금 이 순간 그를 죽이지 못한다면, 앞으로 일평생 기회가 다시 찾아오지 않으리라는 생각이 본능적으로 떠올랐다.

"물러나지 않겠다고. 도망치지 않겠다고. 설령 목숨이 위험하고, 턱 끝까지 날붙이가 찔러 들어와 숨통을 끊으려 한다고 하여도……."

정범의 눈이 반개(半開)하였다. 얻지 못한 깨달음이 아쉬웠으나, 목숨을 걸고 호철을 상대하기 충분한 힘을 얻었다. 하지만 북궁소와 한 약속이 떠올랐다.

'약속……은……'

분명 경기장에 오르기 전만 하여도 절대로 죽지 않겠노라고, 자신을 믿어달라고 말하지 않았던가? 한데, 목숨을 걸려고 하고 있다. 그녀에게 미안해지는 순간이었다. 씁쓸함을 감추지 못한 정범은, 마음이 흔들리고 말았다.

"……!"

호철은 갑자기 정범의 기운이 흐트러지는 것을 느꼈다. 그리고, 순간 본능적으로 팔을 휘둘렀다. 그의 손에는 검이 들려 있었다.

캉—!

"헛, ……쿨럭!"

뒤늦게 정신을 차린 정범이 검을 사선(斜線)으로 겸을 흘리듯 쳐올렸다. 내부가 순식간에 진탕되었다. 겸에는 적지 않은 내력이 깃들어 있던 것이다. 눈앞이 일순 흐려졌다. 무릎에 힘이 풀려 쓰러질 것만 같았다. 힘겹게 참아내며 호철을 노려봤다.

'멍청……한 짓을 했군.'

누구를 원망할 수도 없었다. 한순간의 방심이 초래한 결과이니까. 원망한다면 제 스스로를 탓해야 한다.

"악을 앞에 두고 물러나지 않겠다고? 도망치지 않겠다고?!"

호철의 거친 목소리는 정범에게 흐릿하게 들려왔다. 알아들을 수 없는 말이다. 의식도 공중에 붕 뜬 것처럼 어지러워서 몸을 움직이기 힘들다.

"뭐, 뭐하는 거야!"

"백피혈귀를 막아, 막으라고!"

관객들은 갑작스러운 상황의 변화에 당황했다. 곧이어 호철이 정범에게 다가가 겸을 높이 들자 크게 소리쳤다. 귀빈석에서 지켜보던 천하오패와 소림 장문인도 급하게 몸을 일으켰다.

호철이 정범을 죽이려 한다.

눈이 없지 않는 이상 알 수 있는 사실이었다.

하지만 천하오패가 아니라 그 이상의 고수가 온다고 하여도 막을 수 없다.

북궁소도, 초우, 소용군, 휘설연, 구종후도.

눈을 부릅뜨고 호철을 노려봤다.

그리고 겸이 정범의 눈을 찌르기 위해 내려쳐졌다.

깨닫는다면 비상(飛上)하리니.

정범은 흐릿한 의식 속에서 한 줄기 벽력이 뇌리에 꽂히는 것만 같은 충격이 들었다. 영 노야의 말이 번쩍이며 머리를 스치고 지나간다.

비상(飛上).

날개를 가진 새가 하늘을 향해 날아오른다. 영 노야는 분명 정범에게 해공비검의 근본을 깨닫는다면 날아오를 것이라 하였다. 하지만 날개가 없는 짐승은 깨달음을 얻는다고 하여 하늘을 날 수 있는 것이 아니다.

'이미 나에게 날개(翼)가 있었다면?'

무한회귀 속에서 수백 번에 경험과 죽음을 겪고, 쌓았다. 굉언, 무연, 영 노야에게서 내려진 가르침과 무공, 공부, 수련, 수많은 사람들과의 경합, 대련, 목숨을 건 사투 속에서 배어든 모든 것이 체내로 녹아들어 있다.

그것들은 정범에게 오롯이 전해져 작금에 이르기까지 존재하고 있는 힘이었다. 아직 피어나지 못한 씨앗이기도 하며, 날아오르려 하는 새의 날개기도 하였다.

미처 알지 못하고, 생각하지만 못하였을 뿐이지.

날개의 존재를 깨달은 새는.

"이미 나에게는 날개가 있었구나……."

날아오를 준비를 마쳤다.

캉—!

정범의 검이 손아귀에서 떨어졌다. 보이지 않는 무언가가 조종이라도 하듯 자유롭게 날아 호철의 겸을 쳐냈다. 겸의 날 끝이 눈을 찌르기 직전이었다.

"카학!"

호철은 비명을 터트리며 나가떨어졌다. 그의 눈은 당혹으로 물들어 있었다.

검이 홀연히 혼자서 움직여 자신의 겸을 쳐냈다. 내상을 입어 제대로 방어조차 하지 못할 정범이 한 것이라 생각하지 않았다.

"누구냐!"

상처 입은 짐승처럼 낮게 으르렁거린 호철은, 주위의 반응이 싸늘한 것을 알아차렸다. 뒤늦게라도 경기장으로 난입하려 하였던 천하오패의 무인들이 다시 제자리에 착석해있었다. 심지어 관객들마저 침묵한 채 뜨거운 눈으로 정범과 호철을 보고 있었다.

"누구냐고 묻지 않더냐?!"

"아직도 모르시는 것입니까?"

그 고요함 속에서 정범이 반쯤 굽혀졌던 무릎을 서서히펴 올렸다.

반개(半開)되었던 꽃이 만개(滿開)하였다. 날개의 존재를알지 못하였던 새가, 거대한 날개를 펼쳐 하늘로 날아오를준비를 마쳤다.

"네까짓……!"

"그렇다면 아십시오."

정범이 검지를 높게 세웠다. 허공에 떠 있던 검이 검지를 따라 움직였다. 높게 떠올라 곤(丨) 자로 세워졌다. 넘실거리는 안광이 호철을 응시했다. 곧 검지를 아래로 내려그었다.

검이 하늘에서 떨어져 내렸다.

"녀석이!"

호철은 모든 내력을 끌어올린 채 겸을 휘둘렀다.

그리고, 겸은 검을 막지 못하고 잘려 나갔다.

"하, 하하하하……!"

검첨은 호철의 코끝을 스치며 지나갔다. 모든 내력을 쏟아 부은 탓에 단전은 텅 비고 말았다. 더 이상 정범과 싸울 기력은 없었다. 아니. 너무나도 강한 힘 앞에 압도되어 싸울 의욕 자체가 사라져 버렸다.

"하하."

호철은 무너져 내려 경기장에 무릎을 꿇고 말았다.

"……와아아아아아아아아!"

함성이 우레와 같이 터져 나왔다.

현 무림대회 경기 중에서 이만큼 관객들이 크게 환호하는 경기는 단언컨대 없었다.

착석한 채, 경기장을 바라보고 있던 귀빈석마저 술렁였다.

"이기어검……!"

아무리 보아도 마지막 정범의 검공은 전설로 전해지는 이기어검이었다. 어떠한 속임수가 있지 않는 한, 작금 정범이 보인 무공은 수많은 논란을 만들어낼 수밖에 없을 터다.

'어검술…… 바로 네놈이었더냐.'

최대한 동요를 드러내지 않으려 했으나, 저도 모르게 의자 손잡이 한 쪽을 짓뭉갠 남소광의 눈이 차갑게 가라앉았다. 어쩔 수 없이 손을 놓았다지만 한순간도 잊을 수 없었다.

"……승자는 순호검, 정범 대협이십니다!"

너무나도 엄청난 광경에, 할 말을 잃고 있던 심판이 황급히 나타나 승자를 선포했다. 정범이 호철을 잠시 바라보다가 경기장을 내려갔다. 주변의 목소리는 들리지 않았다.

第九章

비무림과 마도

　십육 강전 세 번째 경기는 실로 무림에서조차도 찾기 힘들 만큼 충격적인 경합이었다. 설령 결승전이었다고 하여도 마찬가지다. 전설상에서나 나올 법한 이기어검이 나타났다.

　과연 현 무림에서 이기어검을 사용할 수 있는 무인이 몇 명이나 있을까?

　단 한 명도 없다.

　괜히 전설상에서나 나올 법하다고 하는 것이 아니다.

　하지만 정범이 알고 있는 무인들 중에서는 네 명이나 있었다. 영 노야, 굉언, 무연, 마노. 작금까지 보았던 무인들 중 가장 강한 사 인의 절대고수이다.

'이런…… 너무 튀어버렸나.'

대기실 의자에 몸을 깊게 묻은 채 정범이 난처하게 웃었다. 허나, 낭중지추(囊中之錐)라 하였다. 능력과 재능이 뛰어난 사람은 언젠가 스스로 두각을 나타내게 되듯, 정범은 자신이 지닌 힘이 여타의 평범한 무인들과 달리 예사롭지 않다는 것을 알고 있었다. 지금이 아니더라도 멀지 않은 훗날 많은 이들이 알게 될 것이다.

그보다 더 중요한 것이 있다. 처음부터 지니고 있었으나 알지 못하였던, 마지막에 얻었던 깨달음이다.

"새는 처음부터 당신이 새로 태어났음을 알고 있거늘."

무릇 새뿐만이 아니라 짐승은 모두가 자신이 무엇인지 알고 있다. 어미가 사냥하는 방법을 알려주는 종도 있지만, 알려주지 않아도 본능에 각인되어 있어 제 스스로 사냥에 나서서 적자생존(適者生存)하여 살아간다. 오직 인간만이 그러하지 못할 뿐이다.

"……과연 그러하였기에 나는 몰랐던 것이로구나."

정범은 깨달음을 온전히 자신의 것으로 만들었다. 경기장 위에서 대기실까지 오며 흐르고 있던 안광이 수습되며, 평소의 정범을 떠올리게 하는 눈으로 되돌아갔다.

"이런."

무공에 대한 생각에서 빠져나오니, 문득 북궁소가 뇌리에 떠오른다. 호철과의 경기를 보며 어떤 표정을 짓고 있었을지는, 굳이 보지 않아도 알 수 있었다.

"후우."

멀지 않은 훗날 닥쳐올 시련을 생각하니 정범의 입에서 걱정스럽고 난처한, 짙은 한숨이 절로 흘러나왔다. 하지만 피할 수는 없는 노릇. 차라리 한시라도 빠르게 부딪치는 것이 옳을지도 모른다.

하지만 그런 정범의 의도는, 대기실을 나가는 순간 산산조각 나버렸다.

"역시 있었구려."

거대한 덩치의 중년 사내가 콧김을 뿜어내며 다가왔다. 그는 바로 홍염환이었다. 어조로 보건대 분명 본인은 나름 작게 말하였다고 생각했을지도 모른다. 하지만 정범의 귀에는 바로 귓가에서 소리치는 것처럼 크게 들려와 미간을 찌푸리게 만들었다. 얼굴이 벌겋게 달아오른 것으로 봐선 경기를 보고 잔뜩 흥분한 듯하였다.

"백피혈귀와의 경합은 아주 잘 보았소. 덕분에 피가 들끓어서 주체하느라 한동안 힘들 정도였으니까."

홍염환은 정범에게 보라는 듯 불끈 쥔 두 주먹을 들어올렸다. 핏줄이 튀어나올 듯 불거져 있었다. 정범의 주먹 하나하고도 반은 더 합쳐야지 홍염환의 주먹 하나가 되지 않을까 싶을 정도로 컸다.

"한데……."

"이기어검이라니……. 내 생에 바깥에서 그 검공을 볼 수 있을 줄은 상상도 못 했었소. 아마 본 장주만이 아니라, 그 자리에 있던 무인이라면 누구라도 그렇게 생각했을 거요. 오죽하면 달리 비천검(飛天劍)이라 불리게 되었겠소. 그 무공이 하늘에 닿았다는 이야기까지 벌써 심심치 않게 들려오고 있을 정도요."

흥분한 콧김을 내뿜으며, 저도 모르게 정범에게로 점점 다가가던 홍염환이 걸음을 멈춘다. 거대한 산악과 같은 그가 다가오니, 정범의 얼굴에도 감출 수 없는 부담감이 그려진 덕이다.

"흠흠, 미안하게 되었군."

"아닙니다. 한데, 비천검이라니……."

정범은 자신도 모르게 찌푸려졌던 미간을 풀며, 홍염환의 말 중 언급된 별호를 꼬집었다. 운사에서 순호검으로 바뀐 지 얼마 되지도 않았건만, 그 몇 주야 사이에도 별호가 바뀔 줄은 상상도 하지 못하였다.

더구나 비천(飛天)이라는 단어는…….

"혹시나 오해를 할까 미리 말하지만 천녀(天女)를 뜻하는 비천이 아니오. 글자만을 따서, 하늘을 나는 검(飛天劍)! 이라는 거요. 작금의 무림에서 잊혀진 이기어검을 보였으니 당연한 말이지. 오히려 검선(劍仙)이나 검신(劍神)으로 불리지 않아 다행일 정도요. 하하."

"하아, 그렇다면 다행입니다만."

왠지 한동안 일행들에게서 놀림거리가 될 것 같다는 예감이 들었다. 하지만 순호검이라는 별호보다는 몇 배로 더 마음에 들었다.

'하늘을 나는 검이라.'

호철의 겸을 베어냈던 이기어검을 본 관중들이, 정범이 경기장을 내려간 후에 떠들어 댄 모양이었다. 조금은 부끄러워져 머쓱하게 웃고 말았다. 곧 정범은 고개를 흔들며 정신을 차렸다. 별호도 별호지만, 중요한 것은 따로 있었다.

"한데, 무슨 일로 저를 찾아오신 것입니까?"

정범은 본론으로 들어갔다. 홍염환이 자신을 찾아온다면 대우촌에 관련된 일밖에 없을 것이라고 생각한다. 응당 대기실까지 올 정도라면, 그에 대한 일이 분명하리라.

하지만 홍염환은 정범의 기대를 배신했다.

"비무림(非武林)을 아시오?"

"……비무림? 그것은 무엇입니까?"

생각하지 못한 다른 이야기에 정범이 잠시 당황하여 뒤

늦게 반문했다.

"무엇이라고 표현을 해야 할까. 무림과는 다른, 또 다른 무림? 또 하나의 무림?"

정리되지 않은 거친 수염을 쓸어내리며 홍염환이 혼잣말을 하듯 말을 곱씹었다.

"무림의 이면(裏面)? 숨겨진 무림? 은거자(隱居者)들의 무림? 정확하게 무어라 설명하기 어렵군. 하지만 분명히 존재하는 무림이며, 무림이 아닌 무림이기에 비무림이라 불리는 곳이오."

"은거자들의 무림……!"

정범에게는 그 어떠한 표현들보다도 은거자라는 단어가 가장 가슴에 와 닿았다. 그에 가까운 존재를 둘이나 보았기 때문이었다.

굉언과 무호였다. 둘의 법명은 소림 스님들조차도 알지 못한다. 의도적으로 처음부터 감추어진 것이 아니고서는 불가능한 일이다.

"더욱 깊은 대화에 앞서 궁금한 것이 있습니다."

"물어보시오."

"비무림은 존재하게 '되어진' 것입니까?"

"……"

무슨 이유로, 무슨 목적으로 비무림에 관한 화두를 던진 것인지는 알지 못한다. 하지만 정범은 홍염환이 아무런 생각도 없이 이러한 주제를 끄집어냈다고 생각하지 않았다. 중요한 사실은, 자신이 보였던 이기어검으로 인하여 발발한 것이다.

무림의 역사는 약 오백 년을 넘었다. 그것은 보리달마가 소림권을 가르치기 시작한 이후의 역사이다. 그 이전에도 무공은 존재하였으며, 지금처럼 틀과 형식, 기준만이 없었을 뿐이다.

약 오백여 년.

무공이 발전하고 진화하여, 경천동지할 힘을 토해낼 만큼 강한 천재 무인이 나타나도 이상하지 않을 시간이다. 또한 마노라는 절대악이 있으며, 무연, 굉언, 영 노야 같은 초고수가 당당히 살아 숨 쉬고 있다.

그들의 존재를 가리고 있는 것이 비무림이다.

정범은 비무림이 존재하게 '되어진' 것인지, 자연스럽게 파생된 것인지 궁금하였다.

"만들어진 것도, 자연스럽게 생겨난 것도 아니오. 처음부터 당연히 그리해야 하는 것처럼 한 명, 그리고 두 명. 그렇게 행동으로 옮겨 갔소."

"그것이 진실인지 거짓인지는 모릅니다. 하지만 장주께서는 거짓을 말하고 있지 않음을 충분히 알 수 있습니다.

솔직하게 말씀해 주셔서 감사합니다."

홍염환과 시선을 마주친 정범이 작게 고개를 숙였다. 홍염환의 눈은 올곧았다. 거짓을 고하는 자는 저런 눈을 가지지 못한다.

"정 공자는 지나치게 순수하구려."

홍염환의 눈이 호감을 띠었다. 눈에 깃든 감정과는 다르게 어조에서는 작은 질책이 담겨 있었다. 하지만 그는 곧 정범을 향해 정중하게 포권을 쥐었다.

"하지만 본 장주는 그러한 자들을 무척이나 좋아하오. 앞으로도 나의 아이들과 깊은 우애를 나누어 주시오. 그 아이들이 정 공자에게 배울 것이 많을 것 같소."

"과찬이십니다."

정범도 홍염환에게 포권을 쥐어 올렸다.

"그럼 다시 본론으로 들어가야겠군. 그래, 비무림. 그곳은 아주 오래전부터 존재해 왔소. 백여 년이 넘었다고는 알고 있지. 비무림에 몸을 담고 있는 무인들은 하나같이 한 지역을 호령하여도 이상하지 않을 만큼 강하오. 하지만 표면적으로 드러난 이는 몇 되지 않소. 비무림의 존재 이유 때문이지."

"존재 이유가 무엇입니까?"

호기심을 감추지 못한 정범이 묻고 말았다. 대충 짐작되

는 것이 있다. 하지만 말 그대로 짐작에 불과했다. 확신이
선 짐작이라 하여도, 대답이 돌아오기 전까지는 진실이 되
지 못한다.

홍염환은 차분하게 기다리라는 듯 고개를 천천히 주억거
렸다.

"존재 이유……. 그것은 바로 마도(魔道) 때문이오."

"역시 마도였군요."

"마도는 잔인무도하며 간사하오. 동남동녀를 죽이거나
피를 마셔 무공을 수련하기도 하며, 시취를 흡수하여 강해
지기도 한다오. 허나, 더욱 두려운 사실은 그러한 그들의
수련법으로 인하여, 엄청난 고수가 된다는 것이오."

마공(魔功)은 연성 방법이 까다롭다. 강간, 살인, 인육 섭
취 등, 차마 상상조차 할 수 없을 만큼 심한 것도 허다하다.
그러한 연성을 해낸다면 마도인은 수십 년에 이르도록 무
공을 수련한 무인들을 손쉽게 살해할 수 있을 만큼 강해진
다.

"비무림은 그런 마도와 싸우기 위해 탄생되었다 해도 과
언이 아니오. 적어도 처음은 말이지……."

홍염환의 입가로 알 수 없는 쓴웃음이 스쳐 지나갔다.

"아무튼, 정 공자도 이기어검을 보였으니 조만간 비무림
의 사람이 공자를 찾아갈 게요."

"비무림의 사람이 말입니까? 장주께서 저를 찾아오신 것은요?"

정범의 질문에 홍염환이 고개를 내저었다.

"본인은 그저 정 공자가 어느 정도 알고 있는 것이 좋을 듯하여 미리 와 보았을 뿐이오. 그리고 한 가지 엄중히 주의를 할 것이 있어, 그 또한 알리고자 오기도 하였고."

"주의할 것이 무엇입니까?"

"요 근래 비무림이 좀 복잡하오."

홍염환의 얼굴이 잔뜩 찌푸려졌다. 동시에 정범의 표정도 살짝 굳어졌다. 복잡하다는 것이 무엇을 의미하는지 쉽게 알 수 있었기 때문이었다.

'똑같이 사람이 살아가는 곳이라는 건가.'

비무림은 마도와 싸우기 위해, 진실된 무림의 힘을 감추기 위하여 존재한다. 하지만 비무림을 구성하는 이들도 결국은 사람에 불과하다.

정범이 알고 있는 굉언, 무연, 영 노야는 마노라는 절대악과 싸우기 위하여 힘을 지니고 있을 뿐, 그 외의 어떠한 부와 명예를 탐하지 않는다.

하지만 대다수의 힘을 가진 자는, 만족하지 못하고 더욱 큰 힘을 바란다. 부를 증축하기 원하며, 죽어 사라져도 잊혀지지 않을 명예를 쌓고, 무소불위(無所不爲)한 권력을 얻고자 한다.

 가지고 있는 것에 만족하는 이들은, 겨우 소수에 불과하다. 비무림이라고 하여도, 가진 것에 만족하지 못하는 이들이 없으리라는 법은 존재하지 않는다.

 '나 또한 마찬가지겠지.'

 씁쓸하게 웃는 정범에게 홍염환이 다시금 입을 열었다. 찌푸려졌던 그의 얼굴은 도통 펴질 줄 몰랐다. 핏줄이 더욱 불거져 그의 심정을 대변하는 듯 거칠게 꿈틀거린다.

 "모두가 그런 것은 아니오. 진정으로 무림의 안녕을 위하여 지니고 있던 권력과 부, 명예를 모두 버리신 분들도 계시니까."

 "저 또한 그러한 분들을 몇 알고 있습니다."

 "다행이군. 참으로 다행이야."

 홍염환의 일그러졌던 얼굴이 한층 밝아졌다. 하지만 마냥 좋아 보이지는 않았다. 당연한 일일지도 모른다. 천하오패의 주인조차도 요 근래의 비무림이 복잡하다고 말하며, 얼굴을 찌푸릴 정도이니 말이다.

 "……하지만 그만큼 위험한 자도 있지."

 잠시 고민하던 홍염환이 목소리를 낮게 깔고 말했다.

 '이제 진짜인가.'

 한 가지 엄중히 주의를 할 것이 있다고 하였다. 비무림에 관한 대화는, 홍염환에게 있어서 두 번째 목적에 불과한 것이다.

"그 위험한 자가 누구입니까?"

"대표적으로 말하자면…… 남도문 문주 남소광."

정범이 눈썹을 찌푸린 채 홍염환을 바라보았다. 이해하지 못할 것은 아니다. 무림에 대하여 잘 알지 못할 때 남도문과 부딪힌 적이 있었다. 북궁소에게 천하오패라는 것을 몰랐냐는 소리를 듣고 머쓱하게 웃었던 기억도 있다. 홍염환과는 관련되지 않은, 개인적인 은원에 불과하다.

"같은 천하오패의 주인을 어찌하여……?"

말을 흐린 정범은 뇌리를 스치며 지나간 생각에 입을 다물었다. 생각하는 시간은 짧았다. 여태껏 말해 왔던 것이 관련되어 있다.

요 근래 무림이 복잡한 이유. 비무림도 똑같은 사람이 살아가는 곳. 그리고, 마지막에 나온 남도문주의 이름까지, 세 가지 편린이 모여 하나로 뭉쳐졌다.

"남도문주가 그런 류의 사람이로군요."

"그렇소."

홍염환은 부정하지 않았다. 그렇다고 제 스스로 생각하기에 청렴결백하다고 할 수도 없었다. 패력산장이 천하오패 중 하나이기에, 본인이 알지 못한 더러운 일이나 추잡한 짓에 얽혀 있을지도 모른다.

"남도문주는 어둠 속에서 빛을 지배하기를 바라오. 그러기에, 정 공자는 특별히 주의를 해야 할 테고."

개인적인 은원까지 있으니, 자칫 목숨이 위험할 수도 있다는 말을 돌려서 전한 것이었다.

* * *

"제기랄."

콰드득一!

호철의 주먹이 꽂힌 나무가 반으로 부러지며 떨어졌다. 지나가던 행인들은 감히 호철에게 가까이 가지 못하고 두려워하며 멀찍이 떨어지기 바빴다.

'빌어먹을 놈.'

호철은 어금니가 부러지도록 세게 이를 갈았다.

마지막에 자신을 바라보던 정범의 눈빛은, 경기장을 내려온 순간부터 잊히지 않았다. 차라리 길가에 굴러다니는 돌멩이를 보는 시선이 더 나을 것이다. 그걸 모르지 않던 호철이기에 정범에게 진 순간부터 분노가 터져 나오는 것을 주체할 수 없었다.

"까드득. 죽인다."

이 분노를 없애기 위해서는, 한 가지 방법밖에 없었다.

복수다.

이 두 손으로 정범의 입에서 살려달라는 애원이 나올 때까지 짓이기고, 짓밟고, 사지를 자르고, 두 눈을 뽑고, 혀마저 절단하는 것이다.

"큭, 큭큭큭."

그러지 않고서는 화를 억제하지 못하여 잠조차 이루지 못할 것만 같았다.

"하……."

호철은 웃음을 멈추며 주위의 기척을 살폈다. 경기장에서 보였던 모습과, 몇 번의 살인에 감시가 붙은 모양이었다. 은밀하게 숨어서 이곳을 지켜보고 있는 자가 있다.

'저리도 어설픈 자들로 감히 나를?'

비웃음을 띤 호철이 분노를 잠시 감추었다. 표정은 시장을 구경 온 평범한 사내처럼 변했다. 자신을 알아보는 이들이 많은 것은 중요하지 않았다. 그러한 시선조차 속이지 못하였다면, 이미 공적에 몰려 도망자 신세였을 것이다.

"잠시만 참아 주지."

호철은 아직 감추어지지 않은 마지막 분노를 담아 중얼거렸다. 곧 그의 신형이 수많은 사람들 사이를 파고들었다. 백피혈귀를 알아보고 슬금슬금 피하던 사람들조차도 화들

짝 놀라 술렁였으나, 호철을 발견한 자는 단 한 명도 없었다.

숨어서 그를 지켜보던 감시자들이 빠르게 움직이며 기감을 넓혔다. 하지만 수많은 사람들 가운데 호철만을 정확하게 찾아내지 못했다. 당연한 말이지만, 감시는 실패했다. 호철 정도의 무공을 지닌 이를 쫓는 것이 가능한 일도 아니었다. 이미 멀리 도망쳤을 것이다.

'큭큭큭. 멍청한 녀석들.'

호철은 놀랍게도 그리 먼 곳에 있지 않았다. 감시자들과는 약 오 장 정도의 거리 안에서 여유롭게 숨어 있었다.

등잔불 밑이 더 어둡다고 하였다.

여태껏 단 한 번도 고의적인 살인을 들켜본 적이 없었던 것만큼, 호철의 머리는 뛰어났던 것이었다.

"뭐가 그리 즐겁더냐."

하지만 호철의 운은 머리를 따라가지 못했다. 유독 짙고 어두운 그림자가 호철의 등 뒤로 드리웠다. 호철은 목소리를 듣는 순간 재빠르게 몸을 돌렸다. 그 순간 그림자의 손이 호철의 목을 움켜쥐었다.

"누구…… 꺼억!"

호철은 막혀 오는 숨통에 쉰 비명을 토해냈다. 그의 눈이 허옇게 뒤집어졌다. 곧 목뼈가 부러지는 소리가 났다.

"마도는 절대로 존재해서는 안 될 일이지."

그제야 손을 놓은 그림자는 나지막하게 중얼거렸다. 호철의 몸이 힘없이 무너져 내렸다. 그리고, 드리웠던 그림자가 천천히 사라졌다.

*　　　*　　　*

남소광은 딱딱하게 굳어진 표정을 감추지 못했다. 남조휘를 그런 꼴로 만들고, 삼마패와 오채악, 더불어 자신의 신경을 거슬리게 만들었던 '놈'이 무림대회에 있었다. 그래서인지 도무지 십육 강전 경기가 눈에 들어오지 않았다. 결국 자리에서 일어나 귀빈석을 떠났다. 홍염환이 보이지 않았으나, 지금의 그에게는 중요한 일이 아니었다.

"하선욱, 알고 있었나?"

"……아닙니다. 저도 미처 알지 못하였습니다."

남소광에게 부름을 받아 도착한 하선욱은, 다짜고짜 들어온 질문에 침착하게 대답했다. 질문이 무엇을 의미하는지 모르지 않았다. 오히려 너무 잘 알고 있었다. 전설의 이기어검이 현세에 출현했다는 이야기는 호철이 백피혈귀라 불렸던 때보다도 더 큰 화제였기 때문이다.

"정말로 몰랐던 것이냐. 아니면 알고도 모른 척했던 것이냐."

하선욱은 속으로 진땀을 흘렸다. 남소광의 눈빛은 남도 문주로서의 그가 아닌, 한 명의 무인으로서의 그것이었다. 하선욱이 받아넘기기에 너무나도 힘든 기운이 뿜어져 나오고 있었다.

"정말로, 몰랐습니다."

중간에 말을 한 번 쉬었다. 기운이 압박을 가하여 숨을 내쉬기 힘들었다. 그것이 오히려 남소광의 믿음을 산 모양이었다. 숨을 막히게 만들었던 기운이 거두어졌다.

"몰랐다고? 멍청한 놈. 그리도 무능해서야 어디에 쓴단 말이냐. 이런 녀석이 훗날 총관이 된다고 생각하니, 마음이 편치 못하는군."

"죄송합니다. 앞으로는 다시 이런 일이 없도록 주의하겠습니다."

하선욱은 남소광에게 깊게 고개를 숙인 채 입술을 작게 깨물었다.

'무엇이 예주제일살수란 말이던가.'

타칭, 자칭 예주제일살수라고 하였던 혈독수다. 하지만 의뢰가 이행된 이후로 어떠한 결과물도 나타나지 않았다. 거금의 비자금을 들인 것이 오히려 바보짓이 되었다.

"······역시 그때 군사가 말리더라도 죽였어야 했어."

혈독수를 원망하고 있던 하선욱은 재빠르게 고개를 들어 남소광을 바라봤다. 그의 말에 담긴 살기를 느꼈다. 지금 정범을 죽이겠다고 마음속으로 결정을 내린 것이 분명했다.

'절대로 그것만큼은 막아야 한다.'

정범에게 쏠린 눈이 너무나 많다. 남조휘를 이용한다면 어떻게든 명분을 만들어낼 수 있지만, 무림대회가 치러지고 있는 현재로서는 그 명분도 남도문에 많은 악영향을 미친다.

"문주님, 절대로 그를 죽여서는 안 됩니다. 적어도 무림대회가 끝나기 전까지는, 털끝조차도 건드려서는……."

남소광의 안광이 크게 넘실거렸다. 하선욱은 입을 벌린 채 그대로 딱딱하게 굳어졌다.

"……남도문에, 남도문에 큰 악영향이 미칩니다. 무림대회가 끝나고 큰 판을 만들겠습니다. 명분과 실리, 남도문에게 있어서 이득으로 찾아올 최상의 판을 만들 테니, 부디 조금만 참아주십시오."

"닥치지 못할까."

"컥."

남소광은 얼굴을 일그러트린 채 팔을 휘둘렀다. 그 팔에 맞고 하선욱이 쓰러졌다. 하지만 남소광이 내력을 담아 그를 때렸다면 이미 절명했을 것이었다. 마지막 기회를 준 것이나 다름없었다.

쾅—

"후우, 다행이로구나."

문이 닫히고 남소광의 발걸음 소리가 멀어진 뒤에서야 하선욱이 안도의 한숨을 흘렸다. 비틀거리며 일어난 그는 남도문으로 보낼 서신을 빠르게 써 내리기 시작했다. 우선은, 총관인 하형운과 이야기를 나누는 것이 먼저라 생각했기 때문이었다.

*　　　*　　　*

정범은 홍염환이 떠나고서야 자리를 뜰 수 있었다. 본래라면 북궁소와 만나 이야기를 나눴어야 하나, 아쉽게도 십육 강전이 끝나기 전까지는 그녀와 만날 수 없었다. 결국 경기 진출자가 경기를 보게끔 마련된 자리로 가게 되었다.

그러는 사이 네 번째 경기가 시작되려고 하였다.

초우가 당당하게 경기장 위로 올랐다. 그를 알아본 관중들이 주먹을 높게 들고 환호를 지른다. 하지만 경기장 위에 서 있던 초우에게는 부족하게 느껴졌다. 정범의 세 번째 경기가 관중에게 남긴 여운이 너무나 큰 탓이다.

'초 아우가 이기겠군.'

정범은 시작하지도 않은 경기의 결과를 곧 바로 예측했다. 초우가 그의 상대인 검객보다 강한 이유도 있었지만, 기세에서 우위를 점하였던 것이 컸다.

십육 강에 오를 정도라면 절대로 무공이 낮은 것은 아니다. 하지만 초우의 배경과 명성, 세 번째 경기를 본 순간 자신감을 상실하고 말았다.

'그렇다면 팔 강 진출자 중 네 명이 정해진 것인가.'

도객과 환영장 기섭, 정범, 그리고 초우.

남은 네 개의 경기는 쭉 지켜봐야 알 일이었다. 대충은 짐작하고 있지만 말이다.

'그보다도.'

경기장을 다시 보니 호철과의 경기가 다시금 여운으로 돌아왔다. 관객들은 이기어검이라 하였으나, 정범은 그보다 더 높은 것을 느꼈다.

"이렇게였던가."

눈을 감은 정범은, 검지를 세우고 천천히 아래로 내리 그었다. 내력은 담겨져 있지 않아 경기장 위에서 보였던 힘은 없었다. 하지만 감각만큼은 정범에게 뚜렷하게 전해져 왔다.

"대단하더구나."

"영 노야."

감각을 음미하려는 순간 귓가로 영 노야의 목소리가 들려왔다. 정범은 자리에서 벌떡 일어섰다.

"네 녀석은 도대체 어떻게 돼먹은 놈이냐."

"……."

영 노야가 마땅치 않은 표정으로 말하자 정범은 당황하고 말았다. 무언가 마음에 들지 않은 행동을 한 적이 있었는지 잠시 고민하였으나, 떠오르는 것은 딱히 없었다.

'나도 모르는 사이에 영 노야의 심기를 거슬렀나 보구나.'

정범은 속으로 스스로를 자책했다. 차라리 알았다면 고치기라도 하면 될 것을. 괜스레 영 노야에게 죄송했다.

"영 노야, 죄……."

"더 이상 무어라 해 줄 말이 없다. 정말로 깨달을 줄 몰랐어. 하나만 취할 수 있으리라 생각하여 둘을 보여 줬더니, 온전히 둘을 가져가고."

영 노야에게 사죄를 구하려던 정범은 황당한 얼굴이 되었다.

"영 노야?"

"쯧. 저번에도 말하지 않았더냐."

혀를 찬 영 노야는 실실 웃으며 정범을 보았다. 그제야 정범은 조금 전의 말들이 영 노야만의 칭찬이라는 사실을 깨달았다.

"참으로 좋은 말씀 해 주셔서 감사합니다."

스승이나 다름없는 영 노야의 칭찬이 기쁘지 않을 리가 없었다. 하지만 영 노야는 정범의 감사를 다르게 이해한 모양이었다.

"말투가 또 아니꼽더냐."

"저, 절대로 그렇지 않습니다. 순수하게 기뻐서 한 말이었습니다."

영 노야는 미간을 팔(八)자로 모았다. 정범이 황급하게 손을 내저었다. 피식 웃음을 흘린 영 노야가 품속에서 한 알의 단약을 꺼내 건네주었다.

"이것은 무엇입니까?"

정범은 영 노야에게서 단약을 받았다. 제약을 걸 때 복용하였던 단약이 떠올랐다. 하지만 재료가 다른지 냄새나 색이 달랐다.

"굉언 대사와 내가 너를 쭉 지켜본 결과, 더 이상 제약이 필요 없다고 판단하였다."

"그렇다면……"

"그래, 그 단약이 바로 제약을 풀어주는 해약(解藥)이다."

영 노야는 볼일을 마쳤다는 듯 발걸음을 돌렸다.

"아참, 굳이 지금 제약을 풀 필요는 없다. 언제든 네가 원할 때에 제약을 풀면 되니라."

잠시 멈추고선 마지막으로 말했다. 정범이 고개를 주억이는 순간 영 노야의 신형이 사라졌다.

"와아아아아."

"제약……이라."

영 노야가 사라지고 난 뒤 초우의 경기가 끝났다. 관중의 환호성이 터져 나온 뒤에서야 정범의 시선이 해약에서 떨어졌다.

'무림 대회가 끝나고 난 뒤.'

정범은 해약을 품속에 넣었다. 언제든 원할 때에 복용하라고 하였다. 그때는 무림 대회가 끝난 뒤이다. 아직 깨달음을 몸에 각인시켜야 한다.

"정 형, 잘 보았소?"

경기장 위에서 초우가 큰 목소리로 정범을 불렀다. 상처 하나 없이 깔끔하게 상대에게서 패배를 받아냈다. 정범의 예상을 조금도 벗어나지 않은 경합이었다.

"하하."

하지만 잘 보았냐는 질문에는 대답할 수 없었다. 영 노야와 대화를 한 탓에 초우의 경기를 한 순간도 보지 못하였기 때문이다. 머쓱하게 웃으며 손을 흔들어 줄 뿐이었다.

네 번째 경기가 끝나자 십육 강전은 잠시 중지되었다.

해가 중천을 넘어섰기 때문이었다. 중간에 허기를 견디지 못한 관객 몇몇은 관람석을 빠져 나갔으나, 그 숫자는 정말로 소수에 불과했다.

'가볍게 소면이라도 먹어 배를 채워야겠군.'

정범은 처음 초우와 소용군, 두 사람과 함께 식사를 하려고 하였다. 하지만 둘 다 해왕문과 패력산장의 부름이 있다며 거절했다. 미안함을 감추지 못한 그들에게 괜찮다고 말한 정범은 결국 홀로 객잔으로 향했다.

하지만 그조차도 정범의 뜻대로 이룰 수 없었다. 경기장을 벗어남과 동시에 남소광과 마주쳤기 때문이었다.

第十章

남도북검(南刀北劍)

　남소광은 정범을 보는 순간 머리끝까지 차오르는 분노를 느꼈다. 당장이고 도를 뽑아 정범의 목을 베어내고 싶을 정도였다. 살심이 밖으로 표출되려는 순간 자제할 수 있던 것은, 주위의 이목 덕분이었다.

　"비천검 정 대협이 아니오? 백피혈귀와의 경합은 무척이나 인상이 깊었소."

　대외적으로 알려진 남소광의 모습은 점잖은 선비와 같았다. 지켜보는 이목이 있으니, 평소와 같은 언행을 보여야 한다.

　"과찬이십니다."

정범은 남소광이 품은 살심을 눈치챘다. 만약 해공비검의 근본을 깨닫지 못하였다면 눈치채지 못하였을지도 몰랐다.

"과찬? 절대로 그렇지 않소. 적마단을 무찌른 활약을 두 귀가 아프도록 들어왔소만."

"그 악적들은 벌을 받아 마땅하지요. 남도문주께서도 그렇게 생각하시지 않습니까?"

남소광은 부드럽게 웃으며 눈을 가늘게 떴다. 말속에 숨겨진 비수를 능청스럽게 흘려보내며 맞대응한다.

"남도문주."

"천하오패 중 하나인 남도문의 그분이란 말인가?"

"과연 점잖은 선비와 같다고 하더니, 그 말이 조금도 틀리지 않아."

십육 강전에서 가장 큰 화제를 불러일으켰던 정범과 천하오패 중 한 곳의 수장인 남소광의 만남은, 주위를 시끄럽게 만들기 충분하다 못해 넘쳐났다.

'제법이군.'

남소광은 미소 속에 짜증을 감추었다. 말로써 쉽게 하려고 했건만 몇 마디 오가지도 않았는데 쉽지 않으리란 생각이 들었다.

'하지만 그래 봐야 어린놈이지.'

심계(心計)가 깊다고 하나, 천하오패 중 하나인 남도문의 문주 자리에 오른 뒤 자신이 겪은 수많은 경험에 비하면 아무것도 아니다.

그리 생각한 남소광은 점잖은 척 대화를 이어갔다.

"참으로 마땅하지. 그렇고말고. 한데, 그들을 벌하던 도중 작은 문제가 있었다고 들었소."

"작은 문제라. 무슨 말씀을 하시는 건지 모르겠습니다."

"하하, 정 대협과 심도 깊은 대화를 나누고 싶소만, 이목이 너무 많아 자리를 옮겨야 할 것 같은데……. 혹시 식사는 하였소? 아직 식사 전이라면 함께하는 것도 좋을 듯싶소만."

정범은 고개를 갸웃거리며 모르쇠로 넘겼다. 환경을 바꿀 필요가 있다고 느낀 남소광은 눈을 더욱 가늘게 뜨며 말했다.

"……감사합니다."

잠시 고민하던 정범이 정중하게 포권을 쥐며 남소광의 초청을 거절하지 않았다. 사람들이 숙덕거리며 정범과 남소광의 등을 바라보았다.

남소광이 향한 곳은 정범으로서는 감히 들를 엄두조차 내기 힘든 고급 객잔이었다.

삼 층으로 이루어진 그 객잔은, 일 층에는 둘에서 넷까지

앉을 수 있는 작은 방들이 수십 곳 마련되어 있었다.

이 층부터는 다수의 인원이 앉을 수 있었으며, 삼 층은 서른에 달하는 사람들이 여유롭게 앉아서 술과 음식을 즐길 정도로 넓었다.

단순히 돈을 벌기 위해서라면 기녀도 있었겠지만, 소림을 생각하여 거기까지는 들이지 않은 모양이었다.

남소광은 삼 층으로 올라갔다.

"좋은 것으로 내어오게."

자리에 앉자 바로 주문했다. 점소이는 조용히 고개를 숙이고 빠르게 방을 나갔다. 이러한 주문이 무엇을 의미하는지 모를 리가 없었기 때문이었다.

"그래, 계속 이야기를 해 보지."

점소이의 기척이 완전히 멀어지자 남소광이 입을 열었다. 뜨겁고 진한 그의 눈빛에 정범은 속으로 짙은 한숨을 내쉬었다. 하지만 시선을 피하지 않았다.

"적마단. 그래, 그들은 분명 악적이지. 하지만 그들을 벌하기 위해서라고 하나, 남도문의 사정이 얽혀 있던 상황이었소."

눈빛과는 다르게 남소광이 차분하게 말했다. 아직 그의 이성이 정범을 죽이려는 본능을 막고 있었기 때문이었다.

"분명, 정 대협께서는 의협(義俠)을 행하려고 했겠지. 하지만 정녕 그러셔야 하셨소? 정 대협의 무리한 행동으로 인하여 남도문의 많은 사람들이 다치었소."

"남도문의 많은 사람들이 다치었다는 말은 금시초문(今始初聞)입니다."

정범은 부드럽게 웃으며 고개를 흔들었다. 그때의 기억은 선명했다. 남도문 중에서도 남조휘를 제외한 그 누구와도 부딪히지 않았다. 남소광의 말은 틀렸다.

"당시 문도들은 소공자이자 본 문주의 아들인 청소도협 남조휘를 보필하여 적마단을 벌하고자 하였소. 형주 치안의 권한을 황제 폐하께 받았으니, 당연한 행동이었지. 하지만 진실로 형주의 치안을 위하여 그를 본보기로 삼아 다른 악적들이 날뛰지 못하게 할 생각이었소. 한데⋯⋯."

"본보기로 삼는 것이 적마단을 비호하는 것이었습니까?"

남소광은 입을 다물었다. 정범이 말하는 것은 그로서도 무어라 변명할 여지가 없었다. 하지만 잘못을 피할 수는 있었다.

"⋯⋯치기 어린 행동으로 인한 잘못일 뿐이오. 정 대협께서도 아시겠지만, 여인에게 반한 사내의 행동은 종종 큰 실수를 불러일으키곤 하니까."

"이해합니다. 하지만 납득할 수는 없습니다."

"그것은 본 문주 또한 마찬가지요. 적마단을 벌하고자

하는 의협은 인정하나, 남조휘가 정 대협으로 인하여 주화 입마에 빠진 것은 용서할 수 없소."

정범은 아차 싶었다. 하지만 내색하지 않고 남소광을 물 끄러미 바라보았다.

"무림의 은원은 가볍지 않소. 여태껏 가만히 있었던 것은, 남조휘의 잘못도 있었다고 생각하여 그랬던 것이오. 하지만 이에 관하여 정 대협께서 아무런 말도, 행동도, 사과도, 조치도 취하지 않으니 아비 된 자로서 분노를 금할 수 없단 말이오."

"청소도협의 일은 참으로 안타깝게 생각하고 있습니다."

남소광은 순간 귀가 잘못됐 것이라 생각하였다. 보통 이 정도로 말하면 상대의 반응은 이러지 않는 것이 정상이다. 주화입마는 무인으로서의 생명이 끊어지려는 것과 동일하다. 절대로 안타깝다는 말로 끝낼 수 있는 것이 아니다.

"지금 무슨······!"

겨우 유지하고 있던 남소광의 명경지수가 깨지고 말았다. 가늘었던 눈이 부릅뜨여지며 거센 분노가 일어났다. 하지만 뒤이어 들려온 정범의 말에 남소광은 황당하다는 눈으로 그를 바라봤다.

"하지만 그것은 제 잘못이 아닙니다. 청소도협은 제 스스로 주화입마에 들어섰으니, 어찌 그 분노를 저에게 돌리시는 것인지 이해가 되지 않습니다."

"지금…… 정 대협께서는 남조휘, 그 아이가 사경을 헤매고 있는 것에 대하여 가책을 조금도 느끼지 않는다는 말이오?"

남소광의 눈에서 불꽃이 튀었다. 공기가 그를 중심으로 서서히 움직이기 시작했다. 분노가 터져 나온 남소광의 내력이 들끓었다. 정범도 내력을 끌어올려 남소광의 기세에 맞섰다.

"가책을 느끼지 않는다는 말이 아닙니다. 어찌되었건 저와 관련되어 있었으니까요."

남소광이 정범을 노려봤다. 눈빛만으로도 사람을 죽일 수 있다면, 정범은 아마 몸이 산산 조각으로 찢겨졌을지도 모를 정도로 사나웠다. 하지만 정범의 눈빛도 그에 못지않았다. 오히려 독기만큼은 남소광보다 더했다.

'어린놈이 어찌 이런 눈빛을 하고 있는 거지?'

지금 정범을 죽이지 않는다면 훗날 대업의 큰 장애물이 될지도 모른다는 생각이 들었다. 하지만 대외적으로 알려진 남도문주로서의 무공으로 정범을 죽일 수 있을까 의문이 들었다.

'아니. 지금이 기회다.'

남소광은 결단을 내렸다. 어쩌면 지금이 아니고서는 기

회가 없을지도 모른다. 찾아온 기회를 놓치는 것은 바보들이나 하는 행동이다.

거센 내력의 폭풍이 몰아쳐왔다. 정범은 남소광이 무슨 마음을 품었는지 알았다. 피부를 찌르는 살기. 모를 리가 없었다.

"관련되어 있다? 즉, 정 대협의 잘못은 아니나 사건과 연관되어 있다는 사실을 부정하지는 않는다는 말이군."

"그렇습니다."

정범은 부드럽게 웃었다. 남소광의 손이 천천히 도집으로 향하는 것을 발견했다. 하지만 막을 수 없었다. 그가 도를 잡는 순간 내력 싸움에 돌입하였기 때문이다. 입을 열지도, 움직이지도 못하게 되었다.

'흡.'

남소광의 내력은 정범의 목숨을 취하기 위해 거칠게 몰아쳤다. 기세에 맞서기 위해 내력을 끌어올리지 않았었다면 정신없이 끌려 다녔을지도 모를 정도로 빨랐다. 이를 악문 정범은 내력을 더욱 거세게 끌어올렸다. 자연스레 남소광의 눈이 동그랗게 변했다.

'이 녀석?'

모든 내력을 사용한 것은 아니다.

애초부터 내력이란 것은 어느 정도 나이에 영향을 받는

다. 젊은 정범에게 전력을 다한 내력을 쏟을 것이라고는 생각지 않았다. 하지만, 내력의 칠 할 이상을 끌어 올리고도 고작 동수를 이룰 줄 또한 상상하지 못했다. 이 이상 간다면 내력 싸움만으로는 남소광의 입장에서도 부담될 수준이었다.

'피는 피로 갚아야 하거늘.'

정범을 남조휘와 같은 주화입마에 빠지게 하려던 남소광이 혀를 찼다.

동시에 그의 눈빛이 변했다. 마음속에 잠자고 있던 두터운 도가 꿈틀거리기 시작했다.

그러자 내력이 아닌, 새로운 힘의 압박에 정범의 호흡이 콱 막혔다. 순식간에 어깨 위로 천근의 추가 내려오는 듯한 무게감이 더해진다. 떨리는 무릎을 억지로 부여잡은 정범의 마음에 안타까움이 일었다.

'제약을 풀어놓았어야 했는데…….'

이러한 일이 생길지도 모른다는 사실을 염두에 두었어야 했다. 뼈아픈 실책이었다. 무림 대회라고 하여, 소림의 품속이라 하여 방심하고 있었다.

'분명 훗날 후회했겠구나.'

그렇게 버티는 정범을 보며 남소광 역시 심장 한편이 섬뜩해지는 감정을 느꼈다.

겨우 이립을 넘어 보이는 녀석이다. 이기어검을 보인 것도 놀랍건만 내력과 의지력 모두 규격외다. 남소광 본인조차, 아니, 천하의 그 누구도 정범과 같은 나이에 저러한 힘을 가진 이는 누구도 없었다. 하선욱의 판단은 틀렸다. 명분과 실리, 이득을 모두 취할 수 있는 최상의 무대를 만들어도, 정범을 그 무대 위에서 해치우지 못할 수도 있다. 지금이 아니면 안 된다.

'반드시 죽이리라.'

남소광의 마음에 완벽한 살심이 섰다.

어설픈 벌주는 독이 되어 돌아올지 모른다.

무공이 아닌, 마음이 강한 자가 가진 무서움을 남소광은 잘 알고 있었다.

[아주 큰일을 치르려는구나.]

한 줄기의 전음이 남소광에게 흘러들어왔다. 남소광의 눈썹이 꿈틀거린 순간 웅혼한 내력이 남소광의 뒤에서부터 파도처럼 몰려왔다. 당장 침식이 되지는 않았으나, 위협이다. 아직 여유가 있는 남소광에게 더 이상 이러한 싸움을 하지 말라는 명백한 협박이다.

'북검문주!'

천하오패의 또 다른 일좌(一座)의 정상에 앉은 이다.

목소리만으로 상대의 정체를 눈치 챈 남소광이 이를 빠

득 갈며 정범을 향해 거칠게 쏟아내던 내력을 거두었다.

"헉…… 헉……."

떨리는 무릎을 부여잡은 채로도, 결코 주저앉지 않은 정범이 고개를 들어 정면을 본다.

어느새 둘 사이에 중후한 얼굴의 노인이 풍성한 수염을 쓸어내리며 서 있었다. 남소광이 노인을 보며 낮게 으르렁거렸다.

"북검문주……!"

남쪽에 도(南刀)가 있다면, 북쪽에는 검(北劍)이 있다는 말이 있다. 이는 천하오패의 이패를 일컫는 것이기도 하였다.

"허허, 남도문주께선 본 문주를 참으로 곤란하게 만드는 것 같다고 생각하지 않는가."

또한 북검문의 수좌에 오른 이는, 수만에 이르는 북쪽의 검을 지배한다고 하여 북검제(北劍帝)라 불린다.

그런 그가 너털웃음을 흘리며 손을 흔들었다. 그의 손짓을 따라 내력의 흔적이 모두 사라졌다. 남소광은 작게 이를 갈며 정범과 북검제를 번갈아 바라봤다.

"무슨 말씀이신지 알지 못하겠소만?"

남소광이 그런 반응을 보일 것이라 생각하였는지 북검제의 안색은 조금의 변화조차 없었다.

"모른다면 알도록 말해야겠지."

북검제는 풍성한 수염을 천천히 쓸어내렸다.

[청소도협에 대한 이야기를 들었다. 하지만 그가 비무림에 들어설 자격이 있다고 하여, 일원이 된 것은 아니지. 한데 어찌하여 그 힘을 비천검에게 보이려 하는 겐가?]

남소광은 대답하지 않고 잠시 상황을 살폈다.

현재의 무림에서, 정도 이상의 힘을 사용하는 것은 엄연히 금지되어 있다. 적어도 비무림에 몸을 담은 이라면 필수적으로 지켜야 할 약조다. 한데 남소광은 방금 그를 어겼다.

현재 무림에 있어 상식의 도를 벗어난 무공이 펼쳐졌다. 북검문주가 두 사람의 싸움에 끼어든 명분은 바로 그것이었다.

'겁 많은 자라 같은 영감 주제에……!'

남소광의 마음속에 불길이 일었다.

분명 과도할 정도의 힘을 보였다.

비무림의 약조를 어기는 위험한 일이다. 아무리 남도문이라 하여도 비무림 전체와 척을 지고 무사할 수는 없으니 말이다.

물론 남조휘라는 명분이 남소광에게도 있었다. 혈육을, 무인을 주화입마에 들게 하였으니 아비 된 자로서 복수를 꿈꾸는 것은 응당하다.

두 가지 명분이 서로 상충(相沖)하고 있다.

결국 남소광이 선택할 수 있는 바는 하나였다.

'힘을 억제하고 놈을 죽인다.'

죽인다고?

가능할까?

사실 이것이 가장 남소광을 곤란하게 만드는 것이기도 했다.

'이대로 손을 쓴다면······.'

남소광의 입가에 떠오른 쓴웃음이 더욱 짙어졌다.

기습(奇襲)은 더욱 말도 안 된다.

그는 남소광이다.

천하오패중 남도문의 주인!

'젠장.'

하지만 미래가 더욱 부담되는 정범을 그냥 보내기에도 마음이 찝찝했다. 어쩌면 이번이 마지막 기회일지도 모른다는 생각이 계속해서 번복되었다. 하나, 그런 고민 역시 길지 않았다.

비무림과 정범.

미래의 정범이 부담된다지만, 비무림이 가진 힘은 현재도, 그리고 먼 훗날에도 두렵다. 그야말로 천하 전체와 등을 돌리는 일이니 말이다.

[오늘은 이만 물러나겠소.]

[허허, 현명한 선택이네. 하지만 비무림의 눈이 항상 지켜보고 있다는 사실을 명심하게.]

남소광은 꿈틀거리는 입매를 손으로 가렸다. 더 이상 점잖은 선비처럼 굴 수 없었기 때문이었다.

"……다음을 기약하겠소."

"조심히 돌아가십시오."

정범은 끝까지 예의를 잃지 않았다. 그것을 위선이라 생각하였는지 남소광이 살기 어린 눈으로 쏘아보았다. 마지막으로 북검제를 보고는 작게 혀를 찬 뒤 문을 박차고 나갔다.

"그리고, 도움을 주셔서 감사합니다."

남소광이 방을 나간 뒤 정범은 북검제에게 감사의 인사를 올렸다. 그가 조금이라도 늦었다면 결국 정범의 무릎이 굽혀졌을 터다. 그렇게 된다면 결말은 하나밖에 없다. 최소 폐인, 아니 남소광의 기세를 보아서는 분명 목이 날아갔다.

"아닐세. 내가 한 게 무엇이 있다고 그러나. 그보다 저 녀석은 여전히 성격이 고약하군."

북검제는 말처럼 대수롭지 않게 여기는 모양이었다. 허허롭게 웃으며 수염을 계속 쓸어내리고 있었다.

"그보다…… 자네에 대한 이야기는 들었네. 귀를 닫고 살려고 하여도 워낙 시끄럽게 들려와서 듣지 않을 수가 없더군. 든든한 후배가 생겨서 무척이나 기분이 좋아."

"과, 과찬이십니다."

흐뭇해 보이는 얼굴로 북검제가 말했다. 정범은 낯이 뜨겁게 달아오르는 것을 느끼며 손사래를 쳤다.

"아참, 남도문주에 대해서는 너무 걱정할 필요 없네. 적어도 무림 대회에서는 자네에게 해코지를 가하지 못할 테니 말이야. 허허허."

"정말로 감사합니다."

"감사하면 언젠가 북검문에 한번 들리게."

"꼭 들리겠습니다."

언젠가라고 하였으나 북검제가 목숨을 살려준 것을 생각하면 필히 들러야 할 것 같았다. 그런 정범의 말에 북검제는 눈을 빛냈다.

"꼭이라고 하였네. 허허, 언제가 될지도 모르건만 벌써 그날이 기대되는군."

북검제는 정범이 어디에도 속하지 않았다는 기억이 떠올랐다. 하지만 더 이상 말이 오갈 필요 없었다. 정범의 태도로 봐선 은혜를 갚기 위해서라도 북검문에 꼭 들를 것이다.

"그…… 가셨군."

어느새 북검제가 사라졌다. 김 빠진 목소리로 중얼거린 정범은 털썩 주저앉았다. 피로가 잔뜩 몰려온다. 북궁소와 홍염환, 백피혈귀에 이어 남도문주, 북검문주까지. 참으로 파란만장한 하루였다.

꼬르륵.

"……그러고 보니 식사도 하지 않았군."

뱃속에서 들려오는 소리에 정범은 아무도 없는 주위의 눈치를 살폈다. 괜스레 얼굴이 뜨거워지는 것 같았다.

第十一章

재림

　다른 객잔에 들려 소면을 먹던 정범은, 곧 남은 십육 강 전이 시작된다는 소식을 듣고 허겁지겁 움직였다. 남은 경기는 모두 네 번으로, 그중 북궁소와 소용군의 경기도 있었다.

　둘은 초우와 마찬가지로 무난하게 승리를 거뒀다. 애당초 이번 무림 대회의 수준이 높아서 그렇지, 두 사람 모두 우승을 해도 모자라지 않을 무공의 소유자였다.

　"팔 강 진출 축하드립니다."

　"……고마워요. 정 공자도 축하드려요."

　북궁소의 반응에 정범은 난처하게 웃었다. 초우와 소용

군도 덕분에 어색해져 둘의 눈치를 살폈다.

"아참, 소 형. 다음 상대가 가면 쓴 사람이더군요."

이곳에 모인 네 명을 제외한 남은 팔 강전 진출자 중 한 명은, 가면을 쓴 무인이었다. 십육 강전 재추첨을 할 때에 맨 뒤에서 따라오고 있었던 기억이 떠올랐다.

'강하다고 느꼈는데.'

당시에 정범으로서 승리를 장담하기 어렵다는 생각이 들 정도로 고수였다.

"다음 경기가 기대됩니다."

소용군은 담담하게 말했다. 하지만 그의 눈에는 감출 수 없는 열기가 깃들어 있었다. 가면을 쓴 무인이 강하다는 사실을 그도 알고 있는 것이었다.

"이런. 저는 조금 걱정이 되던데 말입니다."

초우가 눈가를 찌푸렸다. 십육 강 첫 번째 경기의 승자인 도객이 그의 다음 상대였다. 단순히 강한 무인이라면 이러지 않았을 터. 왠지 모르게 도객을 보면 가슴 한편이 갑갑해진다. 불쾌한 듯하면서도 기분이 좋지 않았다. 정작 본인인 초우조차도 왜 그러는 것인지 알지 못하니 답답할 따름이었다.

"초 아우, 너무 걱정하지 마십시오."

"하하, 정 형과 다시 경합을 벌일 수 있는 기회를 놓칠 수 없지요."

"그것은 저도 마찬가지입니다."

소용군이 끼어들었다. 가면을 쓴 무인과의 경기가 그의 가슴을 뜨겁게 만들었으나, 정범에 대한 기대에 비교하자면 모자라다. 단순히 무공만으로는 이렇게 되지 않는다.

"소 형과의 경기도 기대하고 있습니다. 북궁 소저도 물론이고요."

초우는 어느 한 명 빠지지 않고 투지를 내비쳤다. 친하다고 하여 무인으로서 생각하지 않는 것이 아니다. 북궁소, 소용군, 정범, 모두가 초우에게 있어서 훌륭한 자극이었다.

"절대로 지지 마십시오. 소 형, 정 형, 북궁 소저."

먼저 일어나며 초우가 다시 한 번 말했다. 내일을 위해 달아오른 몸을 식힐 필요를 느꼈다. 소용군도 그것은 마찬가지였던 모양이었다.

"……조심하세요."

마지막으로 북궁소가 묘한 눈으로 정범을 바라봤다. 혼란이 적지 않게 엿보였다. 하지만 정범은 길게 말하지 않았다. 무림 대회가 끝나고 그녀와 모든 것을 솔직하게 풀어낼 것이기에. 담담하게 웃으며 정범이 몸을 돌렸다.

"……."

말없이, 정범의 등을 바라보던 북궁소 역시 자리에서 일어났다. 작은 손에 잡은 것은 한없이 시리기만 한 검뿐이었다.

*　　*　　*

다음 날 팔 강전이 개막했다. 팔 인의 진출자는 개인 대기실에서 경기를 준비했다. 관람석은 이미 관객들로 가득 찼다. 십육 강전의 충격이 이른 시간임에도 불구하고 그들을 미리 와서 기다리게 만들었다.

"이제 여덟 명밖에 남지 않았어."

"크, 어제 경기를 보는 내내 손에서 땀이 식을 줄 모르더군."

관객들이 시끌벅적 떠들었다. 대부분 십육 강전이 화두에 올랐다. 첫 번째 경기부터 마지막까지, 어느 하나 무림 대회의 이름을 먹칠하지 않았다.

"비천검의 경기가 가장 최고였지. 검지를 세우고 아래로 떨어트리자, 검이 검지를 따라서 움직였었어."

"나는 심장이 떨어지는 줄 알고 눈을 감았었는데, 하필 그때 그런 장면이 나올 줄 몰랐네."

"백피혈귀가 이길 줄 알았는데 말이야."

관객이 주먹을 불끈 쥐었다.

여덟의 경기 중 사람들의 입에서 가장 오르락내리락하는 것은, 호철과 정범의 경합이었다. 호철이 백피혈귀라 불리게 된 경기를 시작으로, 십육 강에 올라 정범과 싸우게 된 순간까지. 또한 정범이 그를 이겼기에 더욱 사람들이 열망하는 것일 수도 있었다.

"하지만 이기지 않기를 바랐지."

주먹을 불끈 쥔 관객의 옆에 있던 이가 팔로 몸을 감싸며 중얼거렸다. 아직까지도 눈앞에 선명하게 그려지는 광경에 절로 몸이 떨려온다. 고개를 거칠게 흔들어 애써 떨쳐내려고 했다.

"뭐, 나 또한 마찬가지일세."

"그보다 첫 번째 경기가 누구라고 하였던가?"

"철혈빙공(鐵血氷公) 북궁소라고 하더군."

관객의 눈이 절로 크게 뜨여지는 말이었다. 수천 명에 이르는 예선부터 본선, 그리고 십육 인에 남은 유일한 여무인이다. 외모는 물망초를 닮아, 소소하고 청아하기까지 하니 많은 남성들의 가슴을 사뭇 설레게 만들었다. 첫 번째 경기를 물은 관객 또한 마찬가지였다.

"흠흠, 사실 나는 그녀가 우승하기를 바라네."

충분히 사심이 깃든 바람이었다. 하지만 그를 책망할 수는 없었다. 본선에 오른 북궁소를 본 그 또한 여러 번 그런 생각을 한 적이 있었다.

"그건 나도 마찬가지네만. 아무튼, 상대는 효웅도(嚆熊刀)이더군."

북궁소의 상대는 얼굴에 상처가 많은 도객, 효웅도였다. 그가 공격할 때에 곰이 앞발을 휘두르며 울부짖는 것 같다고 하여 붙여진 별호였다. 강기를 피어 올릴 실력을 지닌 만큼 만만하게 볼 수 없는 상대였다.

"과연 누가 이길까."

"조금 전에도 말했지만……."

"어허, 이 친구가 정말."

또 다시 사심이 잔뜩 들어가려고 하자 관객은 기어코 화를 내고 말았다.

"미안하네. ……내 예상에는 효웅도가 아닐까 싶네만."

북궁소의 무공이 고강하다는 것은 알고 있으나, 도객에게는 미치지 못하리라는 평이었다. 이상한 일은 아니었다. 북궁소는 그간 무난하게 승리를 거두었던 편이다.

편하지도 않게. 그리고 힘들지도 않게. 그것이 관객들로 하여금 여태껏 그녀의 상대가 약하였을 것이라 생각하게 만들었다. 만약 도객처럼 손에 땀을 쥐게 할 만큼 격렬한 무투의 경합이었다면 응당 북궁소의 승리를 점쳤을지도 몰랐다.

"그래도 대룡문(大龍門)의 금지옥엽이 아닌가."

무수히 많은 의미가 내포되어 있는 말이었다.

"설령…… 아, 시작하려고 하네."

잠시 망설이던 사이 소림 스님이 경기장에 올라섰다. 관객들의 시선이 경기장으로 집중되었다. 대부분이 이른 시간부터 나와 기다린 만큼 기대가 되는 팔 강전이었다.

"……아미타불, 그럼 무림대회 팔 강전을 시작하도록 하겠습니다."

"와아아아!"

가볍게 절차와 규칙, 주의할 점을 설명한 스님이 불호를 외우고 경기장을 내려갔다. 곧바로 관중들이 환호성을 질렀다. 팔 강전 첫 번째 경기의 주인공인 북궁소와 도객 효웅도가 등장하였기 때문이었다.

"대룡문(大龍門)의 북궁소라고 합니다."

"효웅도 단혁이라고 하오."

인사는 짧았다. 북궁소가 검을 뽑아들었다. 차가운 한기가 검첨에 서렸다. 단혁은 발도(拔刀)의 자세를 취한 채 북궁소가 공격을 해오길 기다렸다.

한편, 정범은 대기실에서 걱정스러운 눈으로 두 사람의 대치를 바라보고 있었다.

'효웅도 단혁이라.'

십육 강까지는 북궁소의 승리를 단언할 수 있었다. 이번에도 마찬가지다. 단혁의 무공은 북궁소에 비하여 반수에서 한 수 아래다. 이번에도 승리하여 팔 강에 오를 것이다.

"……한데 어찌하여 이리도 불안한 것일까."

찌푸려진 미간을 애써 펴며 정범이 중얼거렸다. 단혁에게서 느껴지는 기운은 평범한 무인의 것과 다르지 않다. 하지만 깊숙한 곳 어딘가에서 불길하였다.

그러는 사이 북궁소의 검이 눕혀졌다. 튕겨지듯 솟아나가는 검이 단혁의 몸을 찌르려 하였다. 일직선으로 곧게 찔러 들어오는 검첨에는 아무런 내력이 깃들어 있지 않았다. 쭉 그래 왔듯이 상대의 역량을 재려는 것이었다.

캉—!

단혁의 도가 섬전과도 같이 뽑아졌다. 검첨이 튕겨져 나가 하늘로 향했다. 당황할 법도 하건만 북궁소의 눈은 흔들리지 않았다. 예상하고 있던 결과였다.

"음."

신음을 흘리며 단혁이 고개를 뒤로 젖혔다. 어느새 북궁소의 발끝이 턱을 차올리려고 하고 있었다. 스칠 듯 말 듯 아슬아슬하게 빗겨나간 발은, 북궁소의 몸에 반동을 주었다. 그녀는 재주를 넘듯 한 손으로 땅을 짚고 뒤로 공중제비를 돌았다.

지금이 공격할 수 있는 기회다.

　단혁의 뇌리를 스치며 지나간 생각이었다. 그러나 동시에 본능이 경고를 보냈다. 공격을 하였다가는 사지 중 하나가 잘려나갈지도 모른다고 말이다. 단혁은 튀어나가려는 다리를 붙들었다. 머리를 차갑게 식히며 북궁소를 바라봤다.

　"……과연."

　북궁소의 검이 하늘에서 매처럼 먹이를 노리고 있었다. 적기(適期)가 아니라 위기였다. 식은땀 한 방울이 뒷목을 타고 흘러내리는 것을 느끼며 단혁이 감탄했다.

　하지만 북궁소는 더욱 싸늘한 눈으로 단혁을 바라보았다. 이미 앞전의 경기로 단혁이 강기를 다루는 초절정의 고수라는 것을 알고 있었다. 절대로 방심할 수 없는 상대다.

　"……."

　호흡을 고른 북궁소가 다시 한 번 선공을 취했다. 첫 합과는 다르게 내력을 끌어올렸다.

　'앞의 상대와 크게 다르지 않아.'

　용세칠검, 용의 기세가 경기장을 뒤덮었다. 검신에 서린 우윳빛 강기에 단혁은 딱딱하게 굳은 표정이 되었다. 그리고, 거대한 백룡이 하늘에 떠올랐다.

　"오오오오."

　"와아아아아."

놀람과 환호가 경기가 시작된 이후 처음으로 터져 나왔다. 동시에 북궁소의 검이 춤추기 시작했다. 하늘에서 백룡이 무섭게 떨어졌다. 날카로운 백룡의 이빨이 단혁을 향해 치달았다.

'아아. 참으로 아름답구나.'

북궁소의 무공은 두려워야 함이 옳다. 하지만 단혁은 순수하게 감탄했다. 자신이 아니라 다른 누가 이 자리에 있다고 하여도 다르지 않을 것이다.

그렇지만 마냥 보고만 있을 수는 없었다.

단혁의 몸 주위에 기이한 기운이 물씬 피어올랐다.

그 기운이 백룡의 몸을 때렸다.

"음."

반탄력으로 북궁소가 작게 신음을 흘렸다. 하지만 단혁도 손쉽게 쳐낸 것은 아니었던 모양이었다. 안색이 살짝 파리하게 물들었다.

재차 공격을 감행해야 함이 옳으나 북궁소는 침착하게 뒤로 물러나며 상대를 살폈다. 생각하지 못하였던 힘이다. 섣불리 달려들어서는 안 된다. 한 수 아래의 상대라고 하나 방심은 패배를 가져오게 한다.

'저 기운은······.'

북공소의 눈살이 찌푸려졌다. 단혁의 몸 주위로 피어오

르는 기이한 기운을 노려봤다. 그 정체는 바로 마기(魔氣)였다. 사특한 연성을 통하여 얻을 수 있는, 마공의 기운이었다.

* * *

"마공!"

정범이 눈을 부릅뜨며 일어났다. 단혁에게서 느낀 불안의 정체가 밝혀졌다. 여태껏 마공을 익혔다는 사실을 감춘 채 경합을 해 왔다. 여래제마심공(如來制魔心功)을 수련하였던 정범이기에 어렴풋이나마 그것을 느꼈던 것이었다.

기실 정범만이 놀란 것이 아니었다. 귀빈석에 앉아 있던 천하오패가 침음에 잠긴 얼굴이 되어 경기장을 바라보고 있었으며, 가면을 쓴 무인이 뜨겁게 타오르는 눈빛으로 단혁을 응시하고 있었다.

"나타났군."

가면의 무인이 낮게 가라앉은 목소리로 중얼거렸다.

* * *

모두가 심각하게 단혁을 바라보고 있는 순간 유일하게

기뻐하고 있는 이가 있었다.

그는 바로 영 노야였다.

"드디어 꼬리를 잡았구나."

영 노야의 입술이 비틀어졌다. 마도의 뿌리를 뽑으리라 다짐하였다. 일개 마졸들에게 방해를 받아 마노를 추격하던 것을 실패한 이후로, 흡정마공의 흔적은 더 이상 발견할 수 없었다.

다시 마노를 쫓을 수 있는 첫걸음이 무림 대회에 나타났다.

'절대로 놓칠 수 없지.'

스산한 눈으로 단혁을 바라봤다.

*　　*　　*

북궁소는 침착하게 공격했다. 상대가 마공을 익혔는가는 두 번째로 중요한 문제였다. 단혁의 도는 훌륭했다. 피부를 찌를 듯한 마기만 아니었다면 몇 번이고 감탄했을 정도였다.

'하지만 여전히 한 수 아래.'

마기는 승패에 큰 영향을 끼치지 못했다.

백룡이 다시금 승천(昇天)했다.

그리고, 용의 기세가 경기장을 완전히 드리웠다.

"이건……."

단혁은 무어라 말하려 하였으나 기세에 눌리고 말았다. 마기가 제아무리 거세다고 하여도, 용세(龍世)를 이겨낼 수는 없었다.

"좋은 승부였어요."

북궁소가 짧게 말했다. 그녀의 검이 땅으로 떨어지며, 동시에 백룡이 포효하며 단혁에게 떨어져 내렸다.

"커헉."

"아미타불."

단혁은 피를 토하며 쓰러졌다. 그 순간 심판인 소림 스님이 경기장으로 올라와 북궁소를 막았다. 더 이상 손을 쓰지 말라는 뜻이었다.

북궁소는 고민하지 않고 검을 거두었다. 애초에 단혁을 죽일 생각은 없었다. 마인이라는 사실이 밝혀진 이상 천하 오패와 소림에서 해결할 문제였다.

"승자는, 철혈빙공 북궁소 여협이십니다."

"와아아아!"

승리의 선언에 관객들이 환호했다. 북궁소는 그 환호성을 들으며 경기장을 내려왔다. 곧바로 경기 주최 측에서 의원과 무인들을 보내 단혁의 몸을 살피고 들것에 실어 그를 날랐다. 모두가 심각한 얼굴을 하고 있었다.

"그럼, 잠시 후 다음 경기를 시작하겠습니다."

그러는 사이 소림 스님이 상황을 정리했다. 다음 경기는 정범의 경기였다.

잠시 후 시작될 예정이었던 경기는, 주최 측에서 반 시진 가량 지연시키며 휴식으로 대체되었다. 관객들은 급작스러운 일정 변화에 흥이 식었다며 투덜거렸다.

그런 자들은 무공에 대하여 잘 알지 못하는 이들이었다. 무공을 조금이라도 알고 있는 자거나, 무림에 몸을 담고 있는 무인들은 단혁의 무공이 심상치 않다는 것을 피부로 느꼈다.

"마공, 마공이라."

복잡한 심사를 감추지 못한 채 정범이 눈을 감았다. 무림대회에 마인이 참가하지 못한다는 조항은 없었다. 천하오패와 소림이 움직이지 않은 것도 명분 때문이다.

'마노. 그리고 마도의 재림.'

마도는 강(强)을 추구하며 약육강식(弱肉强食)의 논리가 지배하는 세상이다. 정범은 그런 세상이 오는 것을 원하지 않았다.

'악은 절대로 사라지지 않아.'

호철은 마공을 익히지 않았음에도 불구하고 악이었다.

악은 시대를 불문하고 항상 존재해 왔다. 마노만이 악이 아니다. 하지만 마도가 재림하고, 중원 무림을 지배한다면 호철과 같은 악인은 더욱 많아진다.

'나는……'

상념에 잠겨 있던 정범은, 쓸데없는 고민을 하려 하였다는 사실을 깨달았다.

"하하."

너털웃음을 터트린 정범이 고개를 흔들었다. 고민은 무색하다.

'가족들을 위해서라도.'

고향에 계신 아버지와 어머니, 그리고 동생 균이.

가족을 떠올리면 언제나 가슴 한편이 시큰거리며 아파온다. 아무것도 해 주지 못하고, 걱정만 끼치게 하니 미안하기만 하다. 그들의 행복을 깨지게 하고 싶지 않다. 못난 아들을 응원하며 따사로이 바라보는, 가족들의 마음을 지키고 싶었다.

'또한 인연으로 맺어진 사람들까지도.'

악과 싸우며 상처를 입고 고통스러워하거나, 괴로워할지도 모른다. 하지만 아픔 뒤에 찾아오는 부드럽고 따스한 온정이, 정범을 살아 숨 쉬게 하는 원동력이었다.

그들을 위하여 마도의 재림을 기필코 막을 것이다.

"아미타불, 다음 경기 준비를 해 주십시오."

"알겠습니다."

반 시진에 이르는 휴식은 빠르게 지나갔다. 스님이 다가와 경기 시작 전 준비를 알렸다. 대답을 한 정범은 숨을 크게 들이마셨다.

"후우우우."

곧 숨을 천천히 길게 내뱉으며 머리를 차갑게 식혔다.

잡념은 몸을 둔하게 만든다. 경합의 상대를 눈앞에 두고 다른 곳에 정신을 팔 여유는 없었다. 호랑이는 토끼 한 마리를 사냥하더라도 최선을 다한다. 정범도 마찬가지였다.

*　　　*　　　*

팔 강전 두 번째 경기는 모두의 기대와는 달리 허무하게 끝났다. 상대는 호철과의 경합에서 정범이 선보인 이기어검에 겁부터 질려 제대로 된 실력을 발휘하지 못하였다. 반면 정범은 상대를 얕보지 않고 최선을 다하였으니, 결과는 불 보듯 뻔한 일이었다.

세 번째 경기인 소용군과 가면 무인의 대결은, 정범의 경합과 달리 관객들의 기대를 가득 채워 넘치게 만들었다. 단지 정범을 놀라게 한 것은 가면 무인이 어렵지 않게 소용군을 이기고 준결승에 올랐다는 사실이었다.

"소 형."

"대단한 상대였습니다."

소용군은 준결승에 오르지 못한 것에 실망한 눈치가 아니었다. 가면을 쓴 무인과의 대결은 그의 투지를 식혀줄 만큼 만족스러웠던 모양이었다.

"정 아우께서도."

더 이상 말이 필요 없다는 듯 소용군이 흡족한 얼굴로 웃었다. 뒷말은 생략되어 있었으나 듣지 않아도 들려오는 것만 같은 기분이었다.

'강하다는 것을 느끼고는 있었지만.'

정범은 멀리서 경기장을 바라보고 있는 가면 무인을 응시했다. 가면 무인은 정범의 시선을 느꼈는지 고개를 돌려 시선을 마주했다.

순간 가면 무인의 눈이 호선(弧線)으로 휘었다. 가면 안의 눈빛이 따스했다. 많은 생각이 정범의 뇌리를 스치고 지나갔다.

'방금 그 눈빛은……'

마치 정범을 알고 있는 것과도 같은 눈빛이다. 정범 역시 그 눈빛이 마냥 낯설지만은 않다고 느꼈다. 단지 확신할 수 있는 무언가가 부족했다. 궁금증을 억누른 정범은 가면 무인에게서 눈을 돌렸다. 곧 오늘의 마지막 경기가 시작된다.

"환영장이다."

"오늘도 화려하게 승리를 거두겠지?"

"와아아아."

환영장 기섭이 먼저 경기장을 올라섰다. 화려한 장법을 구사하여 눈을 즐겁게 만든다는 이유로 관객들에게 인기가 많지만, 그의 장법은 결코 약하지 않았다. 팔 인 가운데 유력한 우승 후보 중 하나였다.

경기장에 올라 관중들을 향해 포권을 쥔 기섭은, 초우가 등장한 순간 긴장을 감추지 않은 채 그가 올라오는 것을 바라봤다.

"좋은 경합이 되었으면 하오."

"마찬가지요."

기섭과 초우는, 서로를 향해 포권을 취했다. 이윽고 경기가 시작되었다. 잠시간의 대치가 있었다. 서로가 만만치 않은 상대라는 것을 알고 있었다.

선공은 기섭이었다.

"차핫."

기섭은 환영장이라는 별호에 걸맞게 두 손을 화려하게 놀리며 초우를 수세에 몰리게 했다. 하지만 초우는 당황한 눈빛이 아니었다. 숨을 죽인 채 기회를 노렸다. 정확하게 열다섯 합이 넘어서며 초우가 반격에 나섰다. 기섭의 호흡이 작게 흐트러진 순간이었다.

초우의 검이 기섭의 어깨를 노렸다.

어쩔 수 없는 경우를 제외하고는 살인이 허용되지 않으니, 일부러 어깨를 노린 것이었다.

"뭐지?"

정범이 낮게 반문했다. 초우의 검이 출수되기 직전 기섭의 눈에 갈등이 어렸다. 그리고, 검이 어깨를 꿰뚫으려는 순간 그의 움직임이 달라졌다.

"흡."

초우와 다른 시간 속에서 살아가고 있는 것처럼 기섭의 움직임이 일순 빨라졌다. 검첨을 스치듯 어깨가 움직였다. 왼손이 초우의 턱을 올려쳤고, 오른손은 흉부를 밀쳐내듯 때렸다.

"크윽."

초우는 힘겹게 비명을 삼키며 뒤로 굴렀다. 찰나에 가까운 반사신경으로 몸을 뒤로 젖혔다. 조금만 더 늦었다면 의식을 잃었을지도 모른다는 생각에 등골이 오싹했다.

"오오오오."

"두 명째인가."

"또 나타났군."

관중들은 환호했다. 하지만 그들과 달리 귀빈석의 반응은 차갑기만 하였다. 정범도 천하오패와 같은 반응이었다. 한기가 밴 눈으로 기섭을 바라보며 정범이 중얼거렸다.

"마인."

단혁에 이어 두 번째 마인이 무림 대회에 모습을 드러냈다. 화려한 장법 속에 음습한 기운이 숨겨졌다. 더 이상 감출 수 없다고 생각하였는지 기섭의 장법이 점점 패도적으로 변해갔다.

초우도 강기를 피어 올렸다. 맨손인 장법인 만큼 기섭이 불리하리라 생각한 이들이 대다수였다. 하지만 둘의 실력 차이를 느낀 정범은, 초우가 패배하리라는 것을 짐작했다.

몇 합이 더 오간 뒤 초우의 기세가 줄어들었다. 기섭은 긴장을 늦추지 않고 경계하며 조심스럽게 거리를 벌리며 물러났다.

"젠장."

초우는 입술을 비집고 흘러나오는 핏물을 손등으로 훔쳐 냈다. 안색이 살짝 파리해졌다. 하지만 내상은 아직 참을 만했다. 단지 더 경기를 속행한다고 하여도 기섭을 이길 수 있으리라 생각되지 않았을 뿐이었다.

"졌습니다."

결국 초우는 패배를 선언했다.

경기는 종료되었다. 내상을 치료받기 위해 초우는 경기장을 내려갔다. 하지만 기섭은 딱딱하게 굳은 얼굴로 중앙에 서서 귀빈석을 바라봤다.

"본인은 마공을 익혔소."

잠시 귀빈석을 바라보던 기섭이 관람석으로 눈을 돌리며 입을 열었다.

"마공?"

"그것보다도, 왜 저기에서 말하고 있는 거지?"

마도에 대하여 알지 못하는 사람들의 반응은 어리둥절할 뿐이었다. 물론, 이름에 마(魔)가 들어간 만큼 그를 범상치 않게 여기는 이들도 많았다. 허나 그보다 더 놀란 이들은 이번 무림대회의 중심에 위치한 인물들과, 먼 과거의 전쟁에서 마공을 겪은 이들이었다. 그들은 눈을 크게 뜨고 경악하고 있거나, 놀라 벌떡 일어나 기섭을 삿대질하였다.

"마인이다. 마공이 다시 중원에 나타났어. 놈들은 악마야!"

"마인! 네놈을 이 자리에서 당장 죽여주겠다."

몇몇 흥분한 무인들은 마공에 대한 분개를 참지 못하고 무기를 뽑아 들기까지 했다. 그러한 이들을 막아선 것은 다름 아닌 무림대회를 주관하는 소림승이었다.

"아미타불, 시주는 무기를 내려놓으십시오."

"아직 무림대회가 끝나지 않았습니다."

애초에 기섭과 같은 무림의 음지에 숨은 이들을 찾아내는 것이 이 무림대회의 목표다. 당장 눈앞에 보인다고 행동을 보일 수만은 없었다.

스스로를 마인이라고 밝힌 기섭은 꼬리 혹은 잘해야 몸통.

그들이 원하는 것은 머리를 치는 일이다.

여기서 꼬리나 몸통을 잘라서는 그 목적에 다가갈 수 없다. 마공을 눈치챘음에도 불구하고 그들의 반응이 곧장 눈에 보이지 않은 이유는 여기에 있었다.

"본인은."

기섭은 입술을 세게 깨물었다. 힘겹게 입술이 떨어지자 끓어오르는 듯한 목소리가 관객들에게 선명하게 전달되었다. 내력이 담긴 것이었다. 모두가 입을 다물고 기섭을 바라봤다.

"본인은, 마공을 익혔소. 그렇소. 마인이오. 하지만, 정파와 대립할 생각이 전혀 없소. 알려진 것처럼 잔인무도하며, 사이한 방법으로 마공을 연공한 것도 아니오. 천하오패를 비롯한 문파들과 똑같이 가부좌를 틀고 구결을 읊으며 운기조식을 하오."

잠시 말을 멈춘 기섭이 다시금 귀빈석을 노려보았다.

"마공을 익혔기에 마기를 품고 있소. 단지 그것이 전부요. 더불어 본인은 인정받고 싶소. 한 명의 당당한 무림의 사람으로. 게다가 무림 대회에 마인이 참가하지 말라는 조건도 적혀 있지 않았고 말이오."

기섭은 말이 끝나자 관중석와 귀빈석을 향해 당당히 포권을 취했다. 마공을 익혔다는 사실을 밝히기 두려웠으나, 정작 이 순간에 다다르자 속이 후련했다.

경기장이 비고 적막이 맴돌았다.

팔 강전은 그렇게 끝났다.

*   *   *

초우는 쓸쓸하게 웃으며 정범을 반겼다.

"정 형, 미안하게 되었습니다."

"아닙니다. 초 아우의 건강이 더 우선이지요."

안색이 제 색으로 돌아온 것을 확인한 정범이 작게 안도하며 말했다.

"하지만 아쉬운 것도 사실입니다. 정 형과의 경합을 기대하고 있었으니까요."

"굳이 무림 대회만이 기회가 아닙니다."

괜스레 잡념을 떨쳐내겠다는 듯 초우가 고개를 흔들었

다. 정범은 부드럽게 웃으며 말했다.

"음. 그런데 마인이 나타날 줄은 몰랐습니다."

소용군의 침체된 목소리가 정범의 귓가를 파고들었다.

"그의 말처럼 마인이 무림 대회에 참가해서는 안 된다는 조건은 없었으니까요."

"정 형도 그렇게 생각하십니까?"

초우가 놀란 눈으로 정범을 바라봤다. 정범은 난처하게 웃으며 긍정도, 부정도 하지 않았다. 애매모호한 대답에 초우가 머리를 긁적였다. 소용군은 원체 말이 많은 편이 아니니 묵묵히 지켜볼 뿐이었다.

'그러고 보니 이제 준결승이로구나.'

정범은 초우와 소용군을 물끄러미 바라봤다. 남은 사람은 기섭과 정범, 가면의 무인, 북궁소까지 네 명. 그 네 명에 초우나 소용군이 포함될 줄 알았다. 기섭과 가면의 무인이라는 예상치 못한 전력만 아니었다면 말이다.

'무림 대회가 끝나고 풍파가 몰아치겠어.'

기섭이 진실로 한 명의 무림인으로 인정받고 싶어 하는 것인지는 정범으로서는 알 수 없었다. 하지만 그의 눈과 목소리에서는 진심을 느꼈다.

"모를 일이지."

"무엇이 모를 일이라는 겁니까, 정 형?"

"하하, 아무것도 아닙니다."

어색하게 웃으며 정범이 손을 저었다. 초우가 이상한 눈으로 정범을 바라봤다.

'그래, 정말로 모를 일이지.'

아무것도 아니라고 말하며 정범이 생각했다.

기섭의 말이 진심일지, 거짓일지.

*　　*　　*

패배(敗北).

결코 가볍지 않은 두 글자가 단혁의 가슴을 짓눌렀다.

이번 무림대회는 그가 속한 백린교(百隣敎)에 있어 아주 중요한 일이었다. 과정이 어찌하든 우승을 하여, 당당히 양지로 걸어 나올 수 있는 명분을 얻어야만 했으니 말이다. 그러한 무림대회에서의 패배는 곧 임무의 실패를 뜻한다. 무엇보다도 막중한 임무를 품에 떠안고 나선 길이었던 만큼, 패배라는 두 글자가 사무치게 가슴을 파고들 수밖에 없었다.

아니, 다른 모든 걸 벗어나 이번 임무의 실패로 치러야 할 대가가 너무나 두려웠다.

'죽기는, 죽기는 싫어.'

하나 그가 살아남는다면 교에 남은 가족들이 대가를 치러야 한다.

천천히 눈을 뜬 단혁이 주변을 훑어보았다.

바로 옆으로는 팔짱을 낀 채 부리부리한 눈을 빛내고 있는 홍염환이 서 있었다. 그가 북궁소에게 당한 이후, 계속해서 옆을 지키고 있던 인물이다. 암중(暗中)에 이루어진다지만, 결국 이번 무림대회의 목적은 단혁과 같은 마도인의 뒤를 캐기 위한 일이다. 기섭의 경우야 워낙 당당하게 자신을 밝힌 탓에 당장 손을 쓰기 힘들었지만 단혁은 달랐다.

"고민이 깊었나 보군."

이미 오래 전에 단혁이 정신을 차린 것을 알고 있던 홍염환이 말했다.

"……."

단혁은 말이 없었다.

"배려는 여기까질세. 이제부터는 입을 열기 싫어도 입을 열어야만 할 거야."

홍염환의 두 눈에서 무시무시한 위압이 뿜어져 나왔다.

천하를 경영하는 이가 내뿜는 중압감!

단혁에게는 그를 견뎌낼 재간이 없었다.

의지도 없다.

하나 단 한 가지만은 확실히 기억하고 있었다.

'내가 죽어야지만, 나머지가 산다.'

죽음이 두렵다.

무엇보다 싫다.

하지만 실패한 그에게 있어 남은 선택지는 역시 하나밖에 없었다.

콰득—!

"……!"

아랫니 사이에 숨기고 있던 독단(毒團)을 깨문 단혁이 깜짝 놀란 눈을 한 홍염환을 직시했다. 왈칵 치밀어 오르는 핏물을 억지로 눌러 삼킨 단혁의 붉은 혀가 움직였다.

"백린……을 위하여."

"이런 멍청한 놈이!"

홍염환이 다급히 그의 몸에 내력을 불어넣었지만 이미 늦은 후였다.

어찌나 지독한 독을 썼는지, 단숨에 절명하여 싸늘하게 식은 단혁을 부여잡은 홍염환의 두 주먹이 떨렸다.

"백린……."

알고 있던 마신교의 이름과는 다르다.

하나 그것이 마도를 지칭하는 단어라면, 또한 이토록 무서운 일을 아무렇지도 않게 벌일 수 있는 이들이라면 홍염환의 선택은 달라지지 않을 터였다.

"결코 좌시하지 않을 테다."

홍염환이 이를 갈았다.

＊　　　＊　　　＊

다음날, 아침 해가 떠오르고 준결승의 무대가 열렸다.

기섭이 스스로를 마인이라 밝힌 사건이 있었음에도 불구하고 많은 사람들이 무림 대회 경기장을 찾았다.

마공이라는 것을 막연하게 받아들인 이들이 대다수였다. 마공이란 이러하더라는 것이 알고 있는 지식의 전부이다. 응당 마인이라 하여 두려워하며, 적대하는 반응을 이해하지 못했다. 그들은 무림에 몸을 담지 않고 있었다.

무림에 속해 있으나 서슴없이 경기장에 들어선 자들도 있었다. 경기가 끝나고 홀로 경기장에 남아 모든 이들 앞에서 기섭은 말했다. 한 명의 당당한 무림으로 인정받고 싶다고. 정파와 대립할 생각이 없으며, 사이한 연공법으로 마공을 수련한 것도 아니라고 하였다.

진실일지 거짓일지는 알지 못한다. 기섭의 머릿속을 들어갔다가 나오는 것이 아니라면, 본인이 아니라면 알지 못할 사실이다.

하지만 호소에 담긴 열망과 짙은 바람은, 무인들의 마음을 자극하기에 충분했다. 마인이라는 존재에 대한 두려움이 있었으나, 기섭의 행보를 끝까지 지켜보고 싶어진 것이다.

나머지는 마인에 흥미를 지닌 이들이었다. 표면적으로 드러난 작금의 무림은 평화롭다. 단언컨대 평화는 모든 이들이 바라는 안정이다. 하지만 오랜 평화는 나태와 무료(無聊)를 가져오기도 한다. 변화를 원하는 이도 분명히 존재한다. 그런 이들은 흥미로운 눈빛으로 무림대회를 주시했다.

불혹 이하의 무인들만 참가해, 반쪽짜리라고 폄하하는 이들도 적지 않았던 무림대회에 점점 큰 관심이 모여 들었다.

대룡문의 금지옥엽으로만 알려져 있던 철혈빙공의 선전, 전설 속 이기어검의 등장, 거기에 더해 마도의 재림까지!

수많은 이야깃거리가 호사가들의 시선을 잡아끄는 와중에, 무림대회의 준결승이 시작되었다.

"정 형의 상대가 무명(無名)이로군요."

전날, 패배하였지만 비교적 경상을 입은 초우가 곧장 무림대회의 관람석에 앉아 걱정 어린 시선으로 말했다.

"이길 수 있을까요?"

옆에 앉은 휘설연이 물었다.

무명은 무림대회에 출전한 이래 아직까지 이름도, 출신

도 밝혀지지 않은 유일한 무인이었다. 기이한 백색 가면 탓에 처음에는 시선을 끌었지만, 무림대회의 중반에 이르러서는 그저 그런 실력으로 묻혀버렸던 인물이기도 했다. 하지만 이제는 다르다. 무명은 그저 그래 보이는 실력으로 확실하게 승리를 거머쥐며 무림대회의 준결승까지 올라왔다. 그 누구도 더 이상 무명의 실력을 폄하하지 않았다.

"모르지. 소형에게 물었을 때에는, 두 번 싸워도 이길 수 있을 자신이 없다고는 하더군."

"소 대협께서요?"

비록 이번 무림대회에서 팔강이라는 아쉬운 성적에 그쳤지만, 소용군은 해왕제일검이라 불리는 인물이다. 실상 팔강이라는 성적이 아쉽다는 말이 나오는 것 역시, 그러한 소용군의 명성 탓도 컸다. 그렇다고 하여 소용군을 무시하는 인물은 누구도 없었다. 그는 팔강에 이르기까지 해왕제일검의 명성을 톡톡히 보여주듯 압도적인 신위로 승리를 거머쥐며 파죽지세로 올라왔다. 한데, 무명에게 막혀 단숨에 검이 꺾였다.

세간이 놀랐다.

하지만 무인의 승부란 상황에 따라 얼마든지 결과가 달라질 수 있는 법.

소용군을 무명의 현격한 아래로 보는 이들은 그리 많지

않았다.

"대등한 것처럼 싸웠지만, 많이 봐준 느낌이라고 하더군. 정체는 모르겠지만 무시무시한 무인이야. 그나저나…… 우리 사저, 정 형이 우승했으면 좋겠나 봐?"

초우의 장난기 서린 눈웃음에, 휘설연의 고개가 단호하게 내저어졌다.

"아니요. 딱히 그런 것까지는 바라지 않아요."

"그러면 걱정이 돼서?"

"다, 당연하죠. 걱정쯤은 할 수 있는 거잖아요?"

"한데 그냥 걱정은 아닐 테고……."

"사형!"

"시작한다!"

두 사람의 실랑이가 커질 무렵, 그보다 더 큰 구종후의 목소리가 파고들었다.

준결승 대회의 첫 시합의 주인공들.

정범과 무명이 대회장 위로 올라섰다.

* * *

무명.

이름조차 없는 무인과 마주한 정범은 일전에 몇 번이고

느꼈던 감정을 다시 한 번 경험했다.

"저를 알고 있습니까?"

정범의 물음에, 가면 속 무명의 눈이 짧게나마 흔들리는 듯 보였다.

하나 대답은 없다.

가면을 쓰고 있기에 표정조차 알 수 없다.

"알고 싶으면 직접 그 가면을 벗기라는 말 같군요."

무명의 눈이 빙그레 웃음을 그린다.

이번만큼은, 확실한 긍정의 신호라는 것쯤은 어렵지 않게 알 수 있었다.

"시작!"

소림승의 기합이 울려 퍼지고, 두 사람의 시선이 다시 한 번 무림대회장 내부에서 얽혔다.

감추고 있는 것이 많지만, 결코 불쾌하지는 않다.

시선에서 느껴지는 감정에서도 적의(敵意)를 찾아보기는 힘들다.

"휴우……."

한숨을 쉬며, 검을 뽑아든 정범의 눈빛이 바뀌었다.

"단순한 호기심 때문이겠지만 그 제안, 거절하지는 않겠습니다."

정범의 신영이 단숨에 무림대회장 한가운데를 가로질렀

다. 이제는 흐름을 보지 못하고, 복잡한 제공 속에서 움직이는 것조차도 능숙해졌다. 초식을 떨친 지는 더욱 오래다. 무엇보다 검과 하나가 된 느낌이 가슴을 충족히 채운다. 남소광의 사건 이후, 제약을 풀까도 생각했지만 이번 대회까지만 참아보자고 다짐할 수 있던 데에는 그러한 자신감이라는 발로가 있었다.

아직은 괜찮다.

그리고 무엇보다 정말로 '아직' 조금 더 무언가 남은 느낌이었다. 해약을 먹는다면 결코 알 수 없을지도 모를 무언가가 남았다.

막연한 생각이었다.

캉—!

강기와 강기가 부딪친다.

불꽃이 허공으로 튀어 오른다.

맨손으로 정범의 검을 받아내는 무명과의 승부는 그야말로 백중(伯仲)이다.

'아니, 아니야.'

무명이 정범을 봐주고 있다.

달리 돌려 말할 것도 없이, 여유를 둔 채 싸우고 있는 것이다.

이 상태로는 결코 무명의 가면을 벗기지 못한다.

알 수 없는 승부욕이 정범의 마음속에 불길처럼 화르륵
피어올랐다.

'이런 기분은 또 오랜만이로군.'

동시에 정범이 검에서 손을 놓았다.

마음의 실과 하나로 연결된 검이 무명을 공격한다.

그를 비천검이라 불리게 만든 이기어검의 발현이다.

카가강—!

하나 무명은 그조차도 막아선다.

맨손으로, 아무런 막힘없이 춤추는 정범의 검을 흘려보
내고, 튕겨낸다.

핑그르르—!

이마 위로 송글송글 식은땀을 맺은 정범이 허공을 선회
해 힘없이 공중을 회전하는 검을 낚아챈다. 어느덧 눈앞에
뛰어오른 무명의 공격이 보인다. 아슬아슬한 간극으로 방
어에 성공하며, 지면에 착지한 정범의 입가로 웃음이 떠올
랐다.

'역시…… 이 정도로는 안 되는군.'

이기어검이 흔들린다.

무명의 주먹과 손바닥에 실린 힘은 검과 정범의 사이에
이어진 마음의 실을 흔들 정도로 강력했다. 아직 오랜 시간
이기어검을 유지할 수 없는 정범의 입장에서는 오히려 검

을 손에서 놓는 게 불리한 상황이다.

생각이 깊어진 정범이 숨을 고른다.

무명은 그런 정범을 바라보며 여유롭게 기다린다.

'역시…….'

애초부터 무명은 전력을 다하지 않았다.

한데 정범은 벌써 밑바닥을 보였다.

검을 손에 든 채로도 모자라다.

이기어검은 통하지 않는다.

백중이 아니다.

압도적으로 무명이 강하다.

때문에 정범은 안심하고 전력을 다할 수 있었다.

아니, 전력 이상의 무언가를 끌어내야만 했다.

"후욱……!"

거친 호흡을 토하며, 앞으로 뛰쳐나간 정범의 검과 무명의 장이 부딪친다. 충격이 검극에 막 퍼질 시점, 정범은 손에서 검을 놓았다. 다시 한 번 펼쳐진 이기어검이 무명의 머리 위로 솟아, 아래로 떨어진다. 호철은 이 상상도 못 한 사태에 반응조차 못 하고 당하였지만, 무명은 달랐다.

펄럭—!

장포를 휘날리며 두 주먹을 움켜쥔 무명은 떨어지는 검을 향해 망설임 없이 주먹을 내뻗었다.

카앙—!

검과 주먹이 부딪치며 큰 울림이 인다.

동시에 허공을 날며 무엇이든 베어 내리던 정범의 상징, 비천검은 힘없이 장외로 밀려나간다. 대신하여 나타난 것은 아래에서부터 치고 올라오는 폭풍과도 같은 기운이다. 검을 버리고, 주먹을 움켜쥔 채 솟아오르는 정범의 두 눈을 마주한 무명의 심장이 섬뜩하게 내려앉았다.

파앗—!

아슬아슬하게, 정범의 주먹이 무명의 턱 끝을 스쳐 지나갔다.

콰지직—!

동시에, 변화 하나 없던 무명의 백색 가면에 커다란 균열이 일어나기 시작했다.

"이런……."

처음으로 목소리를 흘린 무명이 재빨리 가면을 움켜쥐며 뒤로 물러섰다. 그 틈새로 비춘 얼굴을 언뜻 본 정범의 눈이 솔방울만치 동그랗게 뜨인다.

얼굴에는 아쉬운 기색이 가득 어려 있었다.

"제가 졌습니다."

입가로 흐르는 웃음을 감추지 못한 무명이 고개를 돌리며 말했다.

동시에, 둘의 엄청난 격전을 제대로 따라가지도 못한 채 입만 벌리고 있던 관중들이 환호성을 내질렀다.

"와아아—!"

"무명 멋지다!"

"비천검도 최고야!"

　비록 두 눈으로 제대로 본 모습은 적지만, 그 짧은 단편조차 어느 하나 감탄을 감출 수 없는 경합이었다.

　무엇보다 무림대회를 통틀어, 가장 멋지고, 깔끔한 결과를 낸 두 사람이다. 쏟아지는 환호는 쏟아지는 장대비보다도 더 거칠게 바닥을 때렸다.

　아쉬운 점은, 둘 모두 최고라 불릴 만한 경기를 보였지만 승자는 한 명뿐이라는 사실이었다.

　정범이 이겼다.

"비천검, 정범 승!"

　소림승의 선언이 이어졌다.

〈다음 권에 계속〉

武

무당전생

정원 신무협 장편소설

ORIENTAL FANTASY STORY & A

문피아 골든 베스트 1위, 소문난 명품 무협!

환생은 했지만 재능도, 기연도 없다.
폭력과 죽음이 난무하는 무림에서 믿을 건 오직 전생의 기억.

무당파 사대제자 진양. 그가 가는 길을 주목하라!

dream books
드림북스

ORIENTAL FANTASY STORY & ADVENTURE
이대성 신무협 장편소설
NAVER 웹소설 최고 인기 무협『수라왕』
그 전대(前代)의 이야기!
'마왕' 과의 계약으로 힘을 얻은 소년, 공손천기.
잔혹한 운명을 이겨 내기 위한 그의 행보가 펼쳐진다.
dream books
드림북스

양인산 신무협 장편소설
ORIENTAL FANTASYSTORY & ADVENTURE

장인전생

이름 없는 대장간 대장장이에서
천하제일의 명장이 되는 그 날까지.

보아라! 이것이 바로 진정한 명장(名匠)이다!

dream
book
드림북